Le fantôme de l'auditorium

Biographie

R. L. Stine est né en 1943 à Colombus aux États-Unis. À ses débuts, il écrit des livres interactifs et des livres d'humour. Puis il devient l'auteur préféré des adolescents avec ses livres à suspens. Il reçoit plus de 400 lettres par semaine ! Il faut dire que pour les distraire, il n'hésite pas à écrire des histoires plus fantastiques les unes que les autres. R. L. Stine habite New York avec son épouse Jane et leur fils, Matt.

R.L. Stine

Chair de poule®

Le fantôme de l'auditorium

Traduit de l'anglais (États-Unis)
par Jean-Baptiste Médina

Sixième édition

bayard jeunesse

Titre original
GOOSEBUMPS n°24
Phantom of the auditorium

Loi n° 49 956 du 16 juillet 1949
sur les publications destinées à la jeunesse
Dépôt légal : octobre 2021

ISBN : 979-1-0363-2049-1

Imprimé en Espagne par Novoprint

Avertissement !

Que tu aimes déjà les livres ou que tu les découvres,
si tu as envie d'avoir peur, **Chair de poule** est pour toi.

Attention, lecteur !

Tu vas pénétrer dans un monde étrange
où le mystère et l'angoisse te donnent rendez-vous
pour te faire frissonner de peur… et de plaisir !

1

Un mystérieux fantôme hantait notre école.

Personne ne l'avait jamais vu. Personne ne savait où il se cachait. Il hantait notre école depuis plus de soixante-dix ans.

Mon meilleur ami, Patrick, et moi, nous avons fini par découvrir sa présence. Cela s'est passé pendant que nous répétions notre spectacle de fin d'année — une pièce de théâtre où il était question de fantôme, justement. Notre professeur nous avait prévenus qu'une malédiction pesait sur la pièce, mais nous ne voulions pas la croire. Nous pensions que tout cela n'était qu'une grosse farce.

Pourtant, quand j'ai vu le fantôme de mes yeux, j'ai compris qu'il ne s'agissait pas d'une plaisanterie. Je n'oublierai pas de sitôt cette effrayante rencontre !

Mais je devrais commencer par le commencement. Je m'appelle Mary Rogers, et je suis en classe de 6e à l'école de Woods Mill.

Patrick Milton est mon meilleur ami. La plupart des autres filles trouvent ça bizarre — qu'un garçon puisse être mon meilleur ami — mais je m'en moque. Patrick est plus sympa et plus marrant que toutes les filles que je connais. C'est aussi un grand fana des films d'horreur, comme moi.

Notre amitié dure depuis neuf ans. Nous savons tout l'un de l'autre. Par exemple, je sais que Patrick porte encore un pyjama de bébé style Kermit la grenouille. Il n'aime pas que je dise ça aux gens. Ça le fait devenir rouge comme une tomate et ses taches de rousseur ressortent davantage.

Patrick déteste ses taches de rousseur presque autant que je déteste mes lunettes. Je ne sais pas pourquoi. Au bout d'un moment, on ne les voit même plus. Et en été, quand il bronze, elles disparaissent complètement.

J'aimerais bien que mes lunettes disparaissent elles aussi. Elles me donnent l'air tellement godiche ! Certaines filles de l'école trouvent que Patrick est mignon. Je ne pense jamais à lui de cette façon. Je suppose que c'est parce que je le connais depuis toujours — en fait, depuis le jour où nos mères se sont rencontrées à leur club de bridge et ont découvert qu'elles habitaient dans la même rue.

Cette histoire de fantôme a commencé il y a trois semaines. Les cours étaient terminés. Je venais de sortir dans le couloir, et j'essayais d'ouvrir le casier métallique où je range mes affaires. Mais ce fichu cadenas se bloque tout le temps, et ça me rend folle.

Je réussis enfin à ouvrir le casier, jetai mes livres à l'intérieur et claquai la porte. Pas question d'emporter du travail à la maison pendant le week-end. Depuis la minute où la cloche avait sonné, j'étais en vacances ! Deux jours entiers sans école. Génial ! À ce moment-là, un poing me frôla l'oreille en sifflant et vint cogner le casier avec un « bang ! » sonore.

– Alors, Mary ? dit une voix dans mon dos. Et tes devoirs scolaires à rapporter lundi ?

Me retournant, je me trouvai nez à nez avec le visage narquois de Patrick. Ses cheveux blonds, très longs devant et très courts — presque ras — derrière, lui retombaient sur l'œil.

– Non ! répondis-je. Pas de travail à la maison ! Pas de bouquins. Rien. Je suis totalement libre ce week-end. J'ai déjà tout fait.

Puis j'eus une idée grandiose.

– Patrick ! Tu crois que Richie pourrait nous emmener au festival du film d'horreur demain soir ?

Je mourais d'envie d'aller voir *La créature du lagon noir* au Cinéplex. Le film était en trois dimensions, on vous remettait des petites lunettes spéciales à l'entrée.

Si nous aimons, Patrick et moi, aller tout le temps voir des films d'épouvante, c'est juste pour nous tordre de rire aux moments les plus effrayants. Nous avons des nerfs d'acier. Rien ne nous fait peur.

– Ça m'étonnerait, dit-il en rejetant en arrière sa grande mèche de cheveux. Richie est puni. Il n'a pas le droit de conduire la voiture pendant une semaine. N'y pense plus, Mary.

Richie est le frère aîné de Patrick. Il passe la majeure partie de sa vie à être puni.

Patrick balança son sac sur son épaule. Il m'examinait avec insistance.

– Tu n'oublies pas quelque chose ? reprit-il. Quelque chose d'important ?

J'oubliais quelque chose ? Je fronçai le bout du nez. Rien ne me venait à l'esprit.

– Quoi ? demandai-je finalement.

– Allons, Mary ! Réfléchis !

Je n'avais pas la moindre idée de ce dont Patrick me parlait.

Ramenant mes cheveux en queue de cheval, je les serrai à l'aide de l'élastique que j'avais autour du poignet. J'ai toujours un élastique autour de chaque poignet.

– Vraiment, Patrick, je ne vois pas, marmonnai-je. Pourquoi ne me le dis-tu pas ? Ce serait plus sim… C'est alors que la mémoire me revint.

– La distribution de la pièce ! m'exclamai-je en me frappant le front.

Comment avais-je pu oublier ?

Patrick et moi, nous attendions depuis des semaines de savoir si nous avions un rôle à jouer dans la pièce de l'école.

Je l'empoignai par la manche de sa chemise et l'entraînai jusqu'à l'auditorium.

Notre vieille école dispose d'un grand auditorium, avec une vraie scène de théâtre. La salle peut accueillir des concerts, des conférences. Elle permet aussi à notre directeur, M. Lévy, de réunir à l'occasion toutes les classes et leurs instituteurs quand il a quelque chose à nous annoncer.

Patrick et moi, nous adorons le théâtre. L'année précédente, nous avions passé une audition pour le spectacle de l'école, et obtenu chacun un petit rôle dans une comédie musicale intitulée *Blanches colombes et vilains messieurs*. Mme Walker, notre professeur, disait qu'elle envisageait pour cette année une pièce du genre effrayant.

Effrayant ? C'était tout ce que nous avions besoin d'entendre. Nous voulions à tout prix faire partie de la distribution.

Il y avait une foule d'élèves devant le tableau d'affichage, près de l'entrée de l'auditorium. Tous essayaient de lire la distribution des rôles.

– Je suis si nerveuse ! criai-je. Je ne peux pas regarder, Patrick. Tu vérifies pour moi, d'accord ?

– Ouais, pas de pro…

– Non, attends ! Je vais le faire !

J'avais changé subitement d'avis, comme ça m'arrive tout le temps.

Je me frayai un chemin parmi les élèves et, me mordillant le pouce, je cherchai des yeux la liste des noms sur le tableau.

Mon regard s'arrêta par hasard sur un message qui m'était adressé. Je faillis m'arracher le pouce d'un coup de dents. Épinglé juste à côté de la distribution de la pièce, ce message disait :

Mary Rogers : M. Lévy veut te voir
immédiatement dans son bureau.
Tu es renvoyée de l'école.

2

Renvoyée ?

J'ouvris la bouche, stupéfaite. Quel crime avais-je commis ces derniers jours ? Que pouvait me reprocher M. Lévy ? Je me creusai en vain la cervelle.

Renvoyée. Mon estomac se mit à faire des nœuds.

Mes parents allaient être catastrophés.

Puis j'entendis ricaner derrière moi. Je me retournai pour voir Patrick qui se tordait de rire.

Je lui jetai un regard dédaigneux.

– C'est toi qui as pondu ce message ?

– Naturellement ! répondit-il en gloussant de plus belle.

Il a parfois un curieux sens de l'humour.

– Je n'y ai pas cru une seconde.

Je parcourus de nouveau le tableau d'affichage, et dus relire trois fois la distribution de la pièce. J'avais du mal à en croire mes yeux.

– Patrick ! braillai-je au-dessus des têtes. Toi et moi, nous sommes les vedettes !

Patrick eut d'abord l'air surpris. Puis il me sourit d'un air entendu.

– Ouais, bien sûr, se moqua-t-il.

– Mais je t'assure ! Nous avons les rôles principaux !

Viens vérifier ! Tu vas jouer le Fantôme !

– À d'autres, ma vieille !

Il ne me croyait toujours pas.

– C'est la vérité, Pat', dit une fille sur ma gauche. Chris Powell, une élève de notre classe, était là.

J'ai l'impression que Chris ne m'aime pas beaucoup. Pourtant je la connais à peine. Mais elle me regarde toujours en fronçant les sourcils. Comme si j'avais un bout d'épinard coincé entre les dents.

– Laissez-moi voir cette liste ! s'écria Patrick en bousculant tout le monde. OUAIS ! Super ! J'ai vraiment le rôle principal !

– Moi, je vais jouer Esmeralda, dis-je. Je me demande qui est cette Esmeralda ; Peut-être la grand-mère timbrée du fantôme, ou la femme sans tête qui surgit d'entre les morts pour…

– Arrête tes bêtises, Mary, interrompit Chris en m'adressant un froncement de sourcils. Esmeralda est seulement la fille d'un type qui possède un théâtre.

Elle avait dit ça comme si le rôle d'Esmeralda n'était qu'une broutille.

– Heu, et toi, Chris, quel rôle as-tu obtenu ? demandai-je.

Chris baissa les yeux, mal à l'aise. Quelques élèves se retournèrent pour entendre sa réponse.

– Je suis ta doublure, marmonna-t-elle en regardant le plancher. Si tu tombes malade le jour de la représentation, je jouerai le rôle d'Esmeralda à ta place… Mais je suis également responsable de tous les décors ! s'empressa-t-elle d'ajouter avec orgueil.

J'aurais voulu lui balancer quelque chose de méchant et de mesquin, quelque chose qui aurait remis l'orgueilleuse et supérieure Mademoiselle Chris Powell à sa place devant tous les témoins. Mais rien ne me vint à l'esprit.

Je décidai de l'ignorer. J'étais trop excitée par la pièce pour la laisser me saper le moral.

J'enfilai mon blouson et balançai mon sac par-dessus mon épaule.

– Amène-toi, Fantôme, dis-je à Patrick. On va hanter le voisinage !

Le lundi après-midi, les répétitions commencèrent sous la direction de Mme Walker, notre professeur. Toute la troupe était réunie dans l'auditorium. Mme Walker monta sur scène et promena son regard sur nous. Elle serrait un paquet de manuscrits contre sa poitrine.

Mme Walker a des cheveux roux tout bouclés et de jolis yeux verts. Elle est très mince, aussi fine qu'un crayon. C'est un très bon professeur — un peu trop stricte, mais un bon professeur quand même.

Patrick et moi avions choisi deux sièges voisins, au troisième rang. Autour de nous, tous les élèves chuchotaient, en proie à une grande agitation.

– Tu sais de quoi parle cette pièce ? me demanda John Greene.

Il jouait le rôle de mon père. Enfin, le père d'Esmeralda. John a des cheveux châtains, comme moi. Et il porte aussi des lunettes. C'est peut-être pour ça qu'on nous avait donné des rôles de parents.

– Je n'en ai pas la moindre idée, répondis-je. D'ailleurs, nous l'ignorons tous. Mais il paraît que ça doit faire peur.

– Moi, je sais de quoi il est question ! déclara Chris Powell à voix haute.

Je me retournai sur mon siège.

– Comment ça se fait ? Mme Walker ne nous a pas encore distribué les manuscrits.

– Mon arrière-grand-père a fréquenté l'école de Woods Mill, il y a très, très longtemps. Il m'a tout raconté sur le fantôme, se vanta Chris.

J'ouvris la bouche pour lui dire ce que je pensais du récit débile de son arrière-grand-père, mais elle ajouta :

– Il m'a aussi révélé que cette pièce était l'objet d'une malédiction !

Cela réduisit tout le monde au silence, même moi. Mme Walker écoutait aussi.

Patrick me poussa du coude. Ses yeux brillaient.

– Une malédiction ? chuchota-t-il. Super !

– Mon arrière-grand-père m'a conté une histoire fantastique à propos de cette pièce, reprit Chris. Et il m'a dit qu'il y avait un fantôme dans cette école. Un vrai fantôme qui…

– Chris ! interrompit Mme Walker en s'avançant au bord du plateau. Je ne crois pas qu'il soit nécessaire de parler de ça aujourd'hui.

– Hein ? Pourquoi ? protestai-je.

– Ouais, pourquoi ? cria Patrick à ma suite.

– J'estime que le moment n'est pas bien choisi pour écouter des rumeurs qui sont probablement fausses, répondit Mme Walker. Je vais commencer par vous distribuer les manuscrits, et…

– Est-ce que vous connaissez cette histoire ? lui demanda Chris.

– Oui, je l'ai entendue. Mais je préfère que vous la gardiez pour vous, Chris. C'est une histoire troublante. Et je n'ai pas l'intention de…

– Racontez ! Racontez ! Racontez ! se mit à scander Patrick.

Et aussitôt, toute l'assistance reprit en cœur :

– Racontez ! Racontez ! Racontez !

3

Mme Walker leva les mains pour nous imposer le silence, ce qui eut pour effet de nous exciter davantage. À présent, nous martelions le sol de nos pieds en scandant :

– Racontez ! Racontez ! Racontez !

– D'accord ! tonna-t-elle enfin. D'accord, je vais tout vous dire. Mais souvenez-vous que ce ne sont que des balivernes. Je ne voudrais pas vous faire peur.

– Vous n'y arriverez pas ! rétorqua Patrick.

Tout le monde se mit à rire. Toutefois, en observant Mme Walker, je vis qu'elle était mal à l'aise. Cela m'étonna.

Notre professeur disait toujours qu'on pouvait aborder n'importe quel sujet avec elle. Pourquoi mettait-elle tant de mauvaise grâce à parler du Fantôme ?

– L'histoire remonte à soixante-douze ans, commença Mme Walker, c'est-à-dire l'année où l'école primaire de Woods Mill fut construite. Je suppose que l'arrière-grand-père de Chris la fréquentait cette année-là.

– Oui ! s'écria Chris. Il faisait partie des premiers élèves de l'école. Ils n'étaient alors que vingt-cinq en tout !

Mme Walker croisa ses bras fluets sur son sweat et continua son histoire :

– Les élèves voulaient monter une pièce de théâtre. Un garçon qui fouinait dans la vieille bibliothèque de Woods Mill trouva un manuscrit intitulé *Le Fantôme*. C'était une pièce assez effrayante à propos d'une jeune fille kidnappée par un mystérieux fantôme. Le garçon la montra à son professeur. Celle-ci la jugea intéressante et décida de la monter. Ce serait une grande production, avec des tas d'effets spéciaux destinés à provoquer l'effroi des spectateurs...

Mon regard rencontra celui de Patrick. Des effets spéciaux ! C'était super.

– Les répétitions du *Fantôme* commencèrent, reprit Mme Walker. Le garçon qui avait découvert la pièce à la bibliothèque obtint le rôle principal, celui du Fantôme.

Tout le monde se tourna vers Patrick. Il souriait avec orgueil, comme s'il avait quelque chose à voir là-dedans.

– Les élèves répétèrent la pièce après l'école, tous les soirs, poursuivit Mme Walker. Ils s'amusaient beaucoup. Chacun donnait le meilleur de lui-même pour réussir un beau spectacle. Tout se passa très bien jusqu'au jour... jusqu'au jour où...

Elle hésita.

– La suite ! braillai-je d'une voix de stentor.

– La suite ! La suite ! scandèrent quelques élèves.

– Je vous rappelle que ce n'est qu'une histoire, répéta Mme Walker. Il n'y a aucune preuve pour la confirmer.

Elle s'éclaircit la gorge et reprit :

– Le soir de la représentation arriva. Les acteurs enfilèrent leurs costumes de scène tandis que les parents et amis emplissaient l'auditorium — cet auditorium. Ils étaient tous un peu nerveux. Leur professeur réunit toute la troupe pour lui donner un dernier encouragement. La pièce allait commencer. Soudain, quelqu'un fit remarquer que le garçon qui jouait le rôle du fantôme n'était pas là.

Mme Walker se mit à aller et venir sur le plateau tout en parlant.

– On l'appela. On le chercha dans les coulisses. Mais on ne trouva pas le fantôme, la vedette de la pièce. Il avait disparu. Les élèves se répandirent dans toute l'école en l'appelant, sans succès. Ils le cherchèrent pendant une heure. Tout le monde était inquiet, angoissé. Surtout les parents du garçon.

Finalement, le professeur monta sur scène pour annoncer que la représentation n'aurait pas lieu. Mais avant qu'elle n'ait le temps de parler, un horrible cri retentit dans l'auditorium.

Mme Walker cessa ses allées et venues.

– C'était un hurlement de terreur. Les gens racontèrent plus tard qu'il leur glaça le sang. À ce cri succéda le silence. Un long silence pesant. On fouilla de nouveau l'école dans ses moindres recoins. Le garçon demeura introuvable.

Mme Walker s'interrompit. Nous étions muets comme des carpes. Personne n'osait respirer.

– On ne devait plus le revoir, conclut-elle. Je pense qu'on peut dire que le fantôme devint un vrai fantôme. Il s'évanouit, tout simplement. Et la pièce ne fut jamais jouée.

Elle nous regarda. Ses yeux parcouraient nos visages attentifs.

– Tout ça me flanque la frousse, murmura quelqu'un derrière mon dos.

– Tu crois que c'est vrai ? chuchota quelqu'un d'autre.

Et soudain, juste à côté de moi, John Greene laissa échapper une exclamation étouffée.

– Non ! gémit-il en montrant une des entrées de l'auditorium. Le voilà ! C'est le fantôme !

Je me tournai — en même temps que les autres — et vis la face hideuse du fantôme qui nous adressait un ricanement déplaisant.

4

John Greene se mit à crier.

Puis d'autres élèves et même Chris.

Les traits du fantôme étaient déformés par un affreux rictus. Ses cheveux rouges, se dressaient, sur sa tête. Un de ses yeux globuleux jaillissait hors de son orbite. Un chapelet de points de suture soulignait la profonde cicatrice qui lui balafrait le côté du visage.

– BOUH ! hurla-t-il en bondissant vers nous.

Autre concert de cris.

Je me contentai de hausser les épaules. Je savais que c'était Patrick : je l'avais déjà vu porter ce masque stupide. Il le gardait enfermé dans son casier, à tout hasard.

– Arrête, Patrick, je meurs de peur ! lui dis-je.

Il retira son masque par les cheveux et sourit à la ronde, tout heureux du bon tour qu'il venait de jouer. Les élèves riaient, à présent. L'un d'eux lui jeta une canette de limonade vide. Un autre tenta de lui faire un croche-pied tandis qu'il regagnait son siège.

– Très drôle, Patrick, soupira Mme Walker. J'espère que le fantôme va nous laisser travailler en paix, maintenant.

– Pourquoi as-tu fait ça ? lui chuchotai-je.

– Parce que j'en avais envie, me répondit-il avec son sourire désarmant.

– Est-ce que nous serons les premiers élèves à jouer cette pièce ? demanda John à Mme Walker.

Notre professeur hocha la tête.

– Oui, John. Après la disparition de ce garçon, il y a soixante-douze ans, l'école a décidé de détruire les manuscrits et le décor de la pièce. Toutefois, un manuscrit a été oublié dans une vieille malle pendant toutes ces années. C'est pourquoi nous allons pouvoir donner la toute première représentation du *Fantôme* !

Les élèves s'agitèrent bruyamment. Il fallut un moment à Mme Walker pour ramener le silence.

– Écoutez-moi ! dit-elle. Je vous rappelle que ce n'est qu'une légende. Je ne vous ai raconté tout ça que pour vous mettre dans l'ambiance.

– Et la malédiction dont parlait Chris ? criai-je.

– Oui ! renchérit Chris. Mon arrière-grand-père dit que cette pièce est maudite, et que le fantôme ne laissera personne la jouer. D'après lui, le fantôme se cache toujours dans notre école. Il hante les lieux depuis plus de soixante-dix ans, mais personne ne l'a jamais vu !

– Excellente nouvelle ! déclara Patrick, tout excité, l'œil pétillant.

Certains élèves éclatèrent de rire. D'autres avaient l'air plutôt mal à l'aise, comme effrayés.

– Ce sont des sornettes, répliqua Mme Walker. Passons plutôt aux choses sérieuses, maintenant. Qui veut m'aider à distribuer les manuscrits que j'ai photocopiés ? Je veux que vous les emportiez à la maison pour commencer à étudier vos rôles.

Je m'élançai en même temps que Patrick. Mme Walker nous tendit une pile de manuscrits qu'elle nous laissa distribuer. Quand je voulus remettre le sien à John, il hésita avant de le prendre et demanda :

– Et si-si la ma-malédiction était vraie ?

– John, pour l'amour du ciel, dit Mme Walker. Assez parlé du fantôme et de cette stupide malédiction, d'accord ? Nous avons autre chose à...

Elle ne termina pas sa phrase, mais poussa un grand cri.

Je me tournai vivement vers la scène. Mme Walker avait disparu.

5

Les manuscrits me tombèrent des mains. Je me ruai vers la scène.

– Elle s'est volatilisée, comme ça ! bredouilla John en claquant des doigts.

– Mais c'est impossible ! hurla une fille.

Patrick vint me rejoindre au bord du plateau.

– Mme Walker ? appelai-je. Mme Walker, où êtes-vous ?

Silence.

– Mme Walker, vous m'entendez ? cria Patrick.

C'est alors que sa réponse parvint faiblement à nos oreilles :

– Je suis là-dessous !

– Là-dessous ? s'étonna Patrick. Où ça ?

– Là-dessous !

– Sous le plancher ?

C'était de là que sa voix semblait venir.

– Aidez-moi à remonter ! reprit-elle.

« Qu'est-ce que c'est que cette histoire ? me dis-je. Comment se fait-il que nous l'entendions sans la voir ? »

Je grimpai sur le plateau et repérai immédiatement le grand trou carré au milieu de la scène. Patrick et d'autres élèves se penchèrent avec moi sur cette ouverture.

Mme Walker avait la tête levée vers nous. Elle se tenait sur une petite plate-forme, à deux mètres environ au-dessous de nous.

– Il faut faire remonter la plate-forme, dit-elle.

– Et comment on s'y prend ? demanda Patrick.

– Allez voir en coulisse, à gauche, ordonna Mme Walker. Sur le tableau qui sert à régler les projecteurs et les changements de décor, il doit y avoir une manette marquée « trappe ».

Patrick s'éloigna et cria quelques instants après :

– Je l'ai !

Il actionna la manette. On entendit un choc sourd, suivi d'un grincement de métal rouillé. Peu à peu, la plate-forme s'éleva. Mme Walker reprit pied sur la scène et nous sourit en époussetant sa jupe.

– J'avais oublié la trappe, s'excusa-t-elle. J'aurais pu me casser une jambe ou me rompre le cou, mais Dieu merci, il n'en est rien.

– Une trappe ? fis-je, interloquée.

– Oui. Elle a été aménagée pour la première représentation du *Fantôme* et n'a jamais servi, hélas… jusqu'à maintenant ! Je l'ai ouverte moi-même avant la répétition pour vous la montrer, et cela m'est complètement sorti de la tête !

Du coin de l'œil, je vis que Patrick buvait les paroles de notre professeur.

– La trappe devait permettre au fantôme d'apparaître et de disparaître comme par magie, reprit celle-ci. C'était en quelque sorte le clou du spectacle, un effet spécial très impressionnant à l'époque.

Patrick semblait au comble de l'excitation.

– Si je comprends bien, je serai le seul à l'utiliser dans la pièce ? Est-ce que je peux l'essayer ? S'il vous plaît !

– Pas encore, Patrick, répondit Mme Walker d'un ton ferme. Il faut d'abord que je la fasse vérifier pour des raisons de sécurité. En attendant, je vous interdis de jouer avec ça.

Mais Patrick était déjà à quatre pattes, l'examinant avec intérêt. Mme Walker prit son air sévère.

– Est-ce que c'est compris, Patrick ?

Il se releva en poussant un soupir et murmura docilement :

– Oui, Mme Walker.

– À la bonne heure ! À présent, retournez vous asseoir. J'aimerais que nous lisions *Le Fantôme* en entier avant de nous séparer. Juste pour vous faire une idée de l'histoire et des personnages.

Tout le monde regagna sa place. Le visage de Patrick retint mon attention. Il avait le front plissé, le sourcil gauche en accent circonflexe. Il mijotait quelque chose.

Il nous fallut plus d'une heure pour lire la pièce. Elle était à la fois effrayante et pleine de rebondissements. Je pourrais vous la résumer ainsi :

Un homme nommé Carlo possède un très vieux théâtre où se donnent des pièces et des concerts. Carlo est convaincu que son théâtre est hanté. Il se trouve qu'un mystérieux individu vit dans le sous-sol du théâtre en se faisant effectivement passer pour un fantôme. Son visage est défiguré, il ressemble à un monstre et se cache derrière un masque. La fille de Carlo, Esmeralda, finit par tomber amoureuse du Fantôme et projette de s'enfuir avec lui. Mais son beau fiancé, Éric, découvre le pot aux roses.

Éric est amoureux d'Esmeralda. Il traque le Fantôme jusque dans sa demeure, au fond d'un passage secret. Tous deux se battent en duel, et Éric tue le Fantôme. Esmeralda en a le cœur brisé. Elle s'en va pour toujours. Et le Fantôme devient un vrai fantôme. Il hantera le théâtre à jamais.

La lecture de la pièce nous plut énormément.

Tout en lisant les répliques d'Esmeralda, je me demandais quel effet cela me ferait de les dire sur scène, en costume.

À un moment, je levai les yeux et je vis que Chris articulait silencieusement mes phrases en même temps que je les lisais à voix haute. Elle s'arrêta net quand elle s'aperçut que je la regardais et fit comme si de rien n'était.

« Chris est d'une jalousie féroce, me dis-je. Elle doit être prête à tout pour interpréter Esmeralda. »

J'eus un peu pitié d'elle. Et l'idée que j'allais m'attirer sa haine en jouant le rôle qu'elle convoitait ne m'enchantait guère.

Je l'oubliai vite cependant, car j'avais une foule de répliques à lire. Esmeralda quittait rarement la scène. Le rôle était vraiment important.

La lecture s'acheva sur des applaudissements enthousiastes et des cris d'acclamations.

– C'est bon, les enfants, dit Mme Walker. Rentrez chez vous, maintenant. Et commencez à apprendre vos rôles. Prochaine répétition demain à la même heure.

Comme je suivais les autres vers la sortie, Patrick me retint par le bras et m'attira derrière une pilier.

– Patrick, qu'est-ce que tu fabriques ?

Il posa son doigt sur ses lèvres.

– Chut. Laisse-les partir.

Je risquai un coup d'œil derrière le pilier. Mme Walker rassemblait ses affaires. Elle prit son sac, éteignit toutes les lumières — à l'exception d'une veilleuse qui projetait sur la scène une lueur blafarde — et s'éloigna.

– Pourquoi doit-on se cacher comme ça ? chuchotai-je avec impatience.

Patrick me sourit.

– On va essayer la trappe.

– Hein ?

– On va la faire marcher. Vite. Pendant qu'il n'y a personne.

Je regardai autour de moi. L'auditorium était à présent noir et désert.

– Allez, remue-toi, dit Patrick en m'entraînant. Juste un essai, d'accord ? Après tout, qu'est-ce qu'on risque ?

Bon, bon, d'accord…

Au fond, Patrick avait raison. Que pouvait-il nous arriver ?

6

Nous grimpâmes sur la scène. Il y faisait plutôt froid. Les planches résonnaient sous le bruit de nos pas, qui semblait se répercuter dans tout l'auditorium.

– Cette trappe est tellement géniale ! s'exclama Patrick. Dommage que tu n'aies pas l'occasion de t'en servir dans la pièce !

Je lui donnai une bourrade amicale et ouvris la bouche pour rétorquer quelque chose, mais je sentis soudain venir une de mes crises d'éternuements. La poussière du théâtre avait probablement réveillé mon allergie.

Quand j'ai une crise, j'éternue parfois treize ou quatorze fois de suite. Mon record, c'est dix-sept fois. Après dix éternuements de suite, je deviens généralement une pauvre loque aux lunettes embrumées. Tout en se dirigeant vers la trappe sur la pointe des pieds, Patrick me lança à mi-voix :

– Actionne la manette, Mary.

Il se posta sur la trappe pendant que je cherchais la manette dans l'obscurité. J'essayais désespérément de maîtriser mon envie d'éternuer.

Enfin, je la trouvai !

– Ça y est, je l'ai ! criai-je joyeusement.

Patrick regarda autour de lui.

– Pas si fort ! Quelqu'un pourrait t'entendre.

– Désolée, chuchotai-je.

Et puis je n'y tins plus. Mes yeux pleuraient, il fallait absolument que j'éternue. Je saisis un mouchoir en papier dans ma poche pour me boucher le nez. Je me mis à éternuer aussi silencieusement que possible.

– Quatre ! Cinq ! compta Patrick.

Par bonheur, ce n'était pas une crise à battre mon record. Je ne parvins qu'à sept.

– C'est bon, Patrick, on y va ! dis-je.

J'abaissai la manette et me précipitai à ses côtés. On entendit le choc sourd. Puis le gémissement métallique.

La section de plancher commença à descendre.

Patrick me saisit instinctivement le bras.

– Je parie que tu as la frousse ! murmurai-je, histoire de le provoquer.

– Jamais de la vie !

Le grincement s'amplifia. La plate-forme tremblait sous nos pieds tandis que nous disparaissions dans les ténèbres. Plus bas, encore plus bas — la scène était maintenant au-dessus de nos têtes.

Je m'attendais à ce que le mécanisme s'arrête là où il l'avait fait pour Mme Walker. Mais à mon grand étonnement, la plate-forme continua sa descente en prenant de la vitesse.

– Hé ! Qu'est-ce qui se passe ? s'écria Patrick, toujours agrippé à mon bras.

– Jusqu'où ce machin peut-il aller ? m'inquiétai-je à mon tour.

– Ohhh !

Un même cri nous échappa quand la plate-forme toucha finalement le fond avec un choc retentissant. *Bang* ! Nous nous retrouvâmes par terre.

Je me remis prestement debout.

– Ça va, Patrick ?

– Oui, oui, ça va.

Il n'avait pas l'air très rassuré.

Nous étions dans un vaste caveau, au sol en terre battue. Noir et silencieux.

Je n'en menais pas large, moi non plus.

Soudain, un chuintement saccadé rompit le silence. La panique me noua la gorge. Qu'est-ce que c'était ? Le chuintement persistait, doux et régulier. Comme une respiration. Mon cœur bondit dans ma poitrine. Oui ! Une créature respirait dans l'ombre, proche, toute proche…

Patrick !

– Pourquoi est-ce que tu respires comme ça ? demandai-je quand mon cœur reprit son rythme normal.

– Comme quoi ?

– Oh, laisse tomber, marmonnai-je.

Il respirait comme ça parce qu'il avait peur. Nous avions peur tous les deux. Mais pour rien au monde nous ne l'aurions avoué.

Je levai les yeux vers le plafond. L'ouverture de la trappe n'était plus qu'une petite lueur carrée, là-haut. Patrick se tourna vers moi.

– Où sommes-nous, d'après toi ?

– À peu près à un kilomètre sous la scène !

– Sans blague, Sherlock ! Je te parle de ce caveau souterrain. Tu crois que l'école sait qu'il existe ?

– Je n'en ai pas la moindre idée, marmonnai-je en réprimant un frisson. Regarde, on dirait qu'il y a une espèce de tunnel, sur notre gauche. Tu veux qu'on l'explore ?

Patrick ne répondit pas tout de suite.

– Non ! Il fait trop noir, murmura-t-il enfin.

Je n'en avais pas vraiment envie, moi non plus. Mon audace n'était qu'une bravade.

– On reviendra avec des torches électriques.

– C'est ça ! Avec des torches électriques, m'empressai-je d'acquiescer.

Je me jurai de ne jamais remettre les pieds dans cet endroit.

Tout en jouant nerveusement avec l'élastique autour de mon poignet, je scrutai l'obscurité. Quelque chose me préoccupait. Quelque chose n'avait pas de sens.

– Patrick, pourquoi est-ce que la trappe du théâtre descend à une telle profondeur ?

– Pour permettre au Fantôme de rentrer chez lui après avoir hanté l'auditorium ! plaisanta-t-il.

Je lui donnai un petit coup de poing sur le bras.

– Pas de blagues sur le fantôme. D'accord ?

« S'il y avait vraiment un fantôme, pensai-je, c'est bien ici qu'il habiterait. »

– Sortons ! décida soudain Patrick en regardant le carré de lumière au-dessus de nos têtes. Je vais être en retard pour le dîner.

Je me croisai les bras sur la poitrine.

– Tout à fait d'accord, mais... Comment est-ce qu'on remonte ?

Cela nous fit réfléchir tous les deux un moment.

Puis je vis Patrick s'agenouiller et palper le sol autour de la plate-forme.

– Il doit y avoir une manette quelque part.

– Non. La manette est là-haut, sur scène, dis-je en levant le doigt vers le plafond.

– Il doit bien y avoir un interrupteur, un levier ou un bouton à actionner ! cria-t-il exaspéré.

Sa voix était devenue perçante.

– Oui, mais où ? demandai-je sur le même ton.

Je me mis à palper le sol à ses côtés, m'efforçant de repérer quelque chose que nous pourrions pousser, tirer ou tourner, quelque chose qui soulèverait de nouveau la petite plate-forme et nous ramènerait sur le plancher de l'auditorium.

Au bout de quelques minutes de recherches frénétiques, je m'arrêtai.

– Nous sommes prisonniers dans ce trou, murmurai-je. Nous voilà bel et bien pris au piège !

7

– Tout ça, c'est de ta faute Patrick, marmonnai-je amèrement. Comment ai-je pu t'écouter ? Je n'aurais jamais dû te suivre.

– Tu voulais venir aussi ! me rétorqua-t-il.

– C'est faux ! Et puis Mme Walker nous avait prévenus que ce machin devait être vérifié. Et maintenant, on va rester bloqués ici toute la nuit !

– Et les rats nous mangeront ! ricana Patrick.

Cela me fit exploser.

– Arrête, tu me fatigues avec tes plaisanteries stupides !

Je le poussai des deux mains si brutalement qu'il s'étala. Il faisait si sombre que pendant un moment je ne le voyais pas. Puis il me poussa à son tour.

Je partis en arrière et m'affalai contre le mur. Mon dos heurta un genre de levier.

Un choc sourd retentit, suivi d'un grincement métallique.

– Mary ! Viens ! cria Patrick. Viens vite !

Je bondis sur la plate-forme au moment où elle commençait à s'élever.

Plus haut, toujours plus haut. Lentement, régulièrement. Le carré de lumière au-dessus de nos têtes s'élargissait au fur et à mesure de notre ascension. Dans un brusque sursaut la plate-forme s'arrêta.

– On y est, Mary ! brailla Patrick en me donnant une tape dans le dos.

Mais nous n'avions pas encore atteint le plancher. La plate-forme venait de s'immobiliser à deux mètres environ sous lui. Comme pour Mme Walker.

La seule façon d'obliger la plate-forme à remonter jusqu'au bout était sans doute d'actionner la manette qui se trouvait en coulisse, là-haut.

– Fais-moi la courte échelle, me dit Patrick.

Je mis mes mains en coupe. Il posa son pied dedans, puis parut hésiter.

– Attends ! Et si le Fantôme nous guettait derrière le rideau de scène ? Tu ferais peut-être mieux d'y aller la première !

– Ha-ha, très drôle, marmonnai-je. Je suis morte de rire.

– D'accord, j'y vais.

Il était à la fois sportif et léger. Il agrippa le rebord de la trappe, prit appui sur ses avant-bras, grimpa sur la scène et disparut de ma vue.

J'attendis qu'il me tende la main pour m'aider à remonter à mon tour.

Une bonne minute s'écoula.

– Patrick ? appelai-je d'une voix étranglée.

Qu'est-ce qu'il fabriquait ?

– Patrick, où es-tu ? Viens m'aider ! Je n'arriverai pas à remonter toute seule !

Une autre minute s'écoula. Elle me sembla durer une heure.

Je compris tout à coup ce qu'il mijotait. Cet espèce de grand crétin voulait me faire peur !

– Ça suffit comme ça !

J'avais eu mon compte des plaisanteries de Patrick Milton pour la journée.

– Laisse tomber ! Aide-moi, nom d'une pipe !

Finalement, ses mains se tendirent vers moi par-dessus le rebord de la trappe. J'étais furieuse.

– Il ne fallait pas te presser, surtout !

J'empoignai ses deux mains et le laissai me hisser sur scène à mon tour. La lumière m'aveugla une seconde.

– Tu sais que tu n'es pas drôle ! aboyai-je. Me faire poireauter comme ça, tu n'as vraiment pas…

Je m'interrompis brusquement. Ce n'était pas Patrick qui venait de m'extirper de la trappe.

Les yeux noirs d'un inconnu me dévisageaient avec hostilité.

8

Je déglutis. L'étrange petit homme qui me fusillait du regard portait un informe pantalon gris, ainsi qu'un sweat gris trop grand et déchiré au col.

Il était visiblement âgé, mais menu comme un enfant. Il mesurait à peine quelques centimètres de plus que moi. Une épaisse crinière de cheveux blancs retombait en désordre sur son front. Une profonde cicatrice rougeâtre lui zébrait tout un côté du visage, le faisant ressembler au masque de Patrick.

Une pensée effarante me traversa l'esprit : « On dirait un fantôme ! »

– Qu-qu-qui êtes-vous ? bégayai-je.

– Je suis Émile, le veilleur de nuit, croassa-t-il.

– Où est mon ami ?

– Je suis là, Mary ! cria Patrick derrière moi.

Je me retournai. Il se tenait de l'autre côté de la trappe, les mains dans les poches de son jean.

– Patrick ! m'exclamai-je. Où diable étais-tu ? Pourquoi tu ne… ?

– L'école est fermée ! grogna le veilleur de nuit. Vous allez me dire ce que que vous faites ici, tous les deux ?

Sa voix était râpeuse comme du papier de verre.

– Heu… nous avons répété une pièce de théâtre après les cours, dit Patrick en se rapprochant.

Je renchéris :

– C'est exact ! Nous avions une répétition.

Le veilleur continuait de me regarder d'un air soupçonneux.

– Une répétition ? Pourtant vous êtes seuls ! Où sont les autres ?

J'hésitai. Ce type me faisait si peur que mes genoux tremblaient.

– Ils sont partis, bafouillai-je. La répétition est terminée. Moi, j'ai dû revenir parce que j'avais oublié mon blouson.

Derrière Émile, je vis Patrick approuver mon mensonge d'un hochement de tête.

– Comment connaissiez-vous l'existence de la trappe ? reprit le veilleur de nuit.

– Mme Walker, notre professeur, nous l'a montrée, déclara Patrick, l'air effrayé, lui aussi.

L'homme pencha vers moi son visage grimaçant et chuchota :

– Vous ne savez pas qu'il est dangereux de jouer avec ?

Il était si proche que je pouvais sentir son souffle tiède sur ma peau. Ses yeux restaient rivés aux miens.

– Vous ne savez donc pas à quel point c'est dangereux de s'en servir ?

Ce soir-là, j'appelai Patrick au téléphone.

– Cet homme n'essayait pas de nous mettre en garde, dis-je. Il voulait nous faire peur.

– Eh bien, c'est raté, Mary, il ne m'a pas fait peur du tout, se vanta-t-il.

– Si tu n'as pas eu peur, pourquoi tremblais-tu comme une feuille en rentrant ?

– Je ne tremblais pas, je m'exerçais. Je faisais travailler mes muscles.

– Laisse tomber, grommelai-je. Comment se fait-il que nous n'ayons jamais vu ce veilleur de nuit auparavant ?

– Parce que ce n'est pas le veilleur de nuit. C'est… le FANTÔME ! chuchota Patrick d'une voix profonde. Cela ne me fit pas rire.

– Sois sérieux, lui dis-je. Ce type essayait vraiment de nous effrayer.

– J'espère que tu n'auras pas de cauchemars cette nuit, Mary, répondit-il en riant.

Je lui raccrochai au nez.

Le jeudi matin, en traversant le hall de l'école, je pensais à mon rôle dans la pièce. Les répliques d'Esmeralda étaient si nombreuses ! Je me demandais si je pourrais apprendre tout ce texte à temps. Et si mon ancien trac allait revenir. L'année précédente, j'avais eu un trac épouvantable dans *Blanches colombes et vilains messieurs* — sans même une ligne de texte à dire !

Je pénétrai dans la salle de classe, saluai quelques copains, me dirigeai vers mon pupitre… et m'arrêtai pile.

– Hé !

Un garçon que je n'avais jamais vu était assis à ma place.

Je le trouvai plutôt mignon. Il avait des cheveux noirs et des beaux yeux verts. Il portait une grande chemise de flanelle rouge et noire, et un pantalon noir. Il semblait installé comme chez lui, avec ses livres et ses cahiers répandus un peu partout. Et il se balançait sur ma chaise, ses bottines posées sur le pupitre.

– Tu occupes ma place, dis-je.

Il me dévisagea de ses grands yeux verts.

– Non, répondit-il tranquillement. Ici, c'est ma place.

9

– Pardon ? fis-je en le toisant de toute ma hauteur.

Il rougit et regarda autour de lui l'air gêné, tout à coup.

– Heu… Je crois que c'est ici que Mme Walker m'a dit de m'asseoir.

Je lui montrai du doigt un pupitre disponible juste derrière nous.

– Désolée, mais elle voulait probablement dire là. Je suis à cette place depuis le début de l'année. À côté de Patrick.

La place de Patrick était vide, bien sûr. Il arrivait toujours en retard.

Le garçon rougit de plus belle.

– Excuse-moi, murmura-t-il. Je suis nouveau dans cette école, et je déteste ça.

Il commença à rassembler ses affaires.

– Ne t'inquiète pas, dis-je. Tout se passera bien, tu verras. Mme Walker est plutôt sympa.

Je me présentai. Il se leva et me tendit la main avec une certaine raideur. Il était un peu plus grand que moi.

– Je m'appelle Jeffrey Colson. Mes parents viennent d'aménager à Woods Mill. Nous sommes originaires de l'Indiana.

Je lui confiai que je n'étais jamais allée dans l'Indiana.

– Alors, Mary Rogers, c'est toi ? reprit-il en m'examinant avec curiosité. Il paraît que tu joues le rôle principal dans la pièce de l'école !

– Tu sais déjà ça ?

– Quelques élèves en parlaient dans le bus. Tu dois être une bonne actrice ? ajouta-t-il.

– Je suppose. Sauf que parfois, j'ai un sacré trac...

Jeffrey m'adressa un sourire timide et soupira :

– Dans mon ancienne école, je jouais dans toutes les pièces. Mais je n'ai jamais eu le rôle principal. Dommage que je ne sois pas arrivé ici plus tôt. J'aurais pu auditionner pour *Le Fantôme*.

J'essayai de m'imaginer Jeffrey sur scène, mais je n'y parvins pas. Il ne me semblait pas du genre à jouer la comédie. Il avait l'air trop timoré. Et il rougissait tout le temps.

J'eus néanmoins pitié de lui.

– Pourquoi ne viendrais-tu pas avec moi à la répétition de ce soir ? Tu pourrais peut-être obtenir un petit rôle, ou faire de la figuration.

Son visage s'illumina comme si je venais de lui offrir un million de dollars.

– Tu parles sérieusement ?

– Bien sûr ! Ça vaut toujours le coup d'essayer.

Patrick arriva et s'affala sur son siège, l'œil rivé sur le bureau de notre professeur.

– Ouf ! Juste à temps ! chuchota-t-il.

Je hochai la tête et lui présentai Jeffrey, tandis que Mme Walker entrait dans la classe et fermait la porte.

La leçon allait commencer.

Jeffrey se dépêcha de regagner sa place.

Au moment de m'asseoir, je m'aperçus que j'avais oublié mon cahier de sciences naturelles dans mon casier. Je bondis vers la porte.

– Excusez-moi, Mme Walker, dis-je en passant devant elle. Je reviens tout de suite.

Une fois dans le couloir, je constatai avec étonnement que mon casier était entrouvert. Cela me parut bizarre. Je me rappelais l'avoir fermé un peu plus tôt. J'ouvris la porte en grand et tendis la main vers mon cahier.

Un cri m'échappa.

À l'intérieur du casier, il y avait une tête hideuse qui me fixait droit dans les yeux !

10

L'affreux visage bleu-vert semblait me dévisager en ricanant.

J'éclatai de rire.

Patrick et son stupide masque de fantôme !

– Cette fois, tu m'as bien eue, Patrick ! dis-je à voix haute.

C'est alors que je vis dépasser sous le masque une feuille de papier pliée. Un message ?

Je saisis la feuille et la dépliai. Elle contenait cette inscription au feutre rouge :

ÉLOIGNEZ-VOUS
DE MA DEMEURE

– Ha-ha, murmurai-je. Excellent, Patrick. Très amusant, vraiment.

Je retirai mon cahier, fermai la porte du casier, verrouillai le cadenas. Puis je me hâtai de réintégrer la classe.

Mme Walker se tenait debout sur l'estrade. Elle venait de présenter Jeffrey à la ronde et annonçait à présent le programme de la journée. Je me glissai à côté de Patrick.

– Tu ne m'as pas fait peur une seconde.

Il était penché sur son cahier de math. Patrick termine toujours ses devoirs de math en arrivant en classe.

– Hein ? fit-il en prenant son air le plus innocent.

– Ton masque, chuchotai-je. Ça n'a pas marché.

– Mon masque ? Quel masque ?

Je lui donnai un coup de coude.

– Arrête tes bêtises ! Ton mot n'était pas drôle non plus. Tu peux faire mieux que ça.

– Je ne vois pas de quoi tu parles, Mary, affirma-t-il avec impatience. Et je ne t'ai écrit aucun mot. Je t'assure.

– Bien sûr, dis-je en levant les yeux au ciel. Tu ne sais rien du masque caché dans mon casier, et rien du message qui se trouvait dessous, c'est ça ?

– Ferme-la, et laisse-moi finir mon devoir, marmonna-t-il en se penchant de nouveau sur son livre. Je ne comprends pas ce que tu racontes.

– Bon, bon, d'accord. Je suppose que le vrai coupable, c'est le fantôme.

Il ne m'écouta pas. Il griffonnait des équations.

« Quel sacré numéro ! pensai-je. Il croit vraiment que je vais gober n'importe quoi. C'est lui qui a écrit ce message. J'en suis certaine. »

Après l'école, Jeffrey m'accompagna à l'auditorium.

Il fallut presque que je le traîne sur scène. Il était si timide !

– Mme Walker, est-ce qu'il reste des petits rôles ? demandai-je. Jeffrey aimerait beaucoup jouer dans la pièce.

Mme Walker leva les yeux de son manuscrit. Je vis qu'elle y avait griffonné des tas de notes.

– Je suis désolée, Jeffrey, répondit-elle en secouant la tête. Tu arrives trop tard.

Jeffrey rougit. Je n'avais jamais vu quelqu'un rougir aussi souvent.

– Il ne reste plus de rôles parlants, poursuivit Mme Walker. Ils ont tous été distribués.

– Auriez-vous besoin d'une doublure pour un des comédiens ? bredouilla Jeffrey. J'ai une excellente mémoire. Je peux apprendre plusieurs rôles à la fois. « Il a vraiment envie d'être dans cette pièce », pensai-je.

– Hélas ! Nous n'avons pas besoin de doublures non plus, dit Mme Walker. Mais j'ai une idée. Tu peux travailler aux décors, si tu veux.

– Chouette ! s'exclama Jeffrey avec un enthousiasme sincère.

– Va voir Chris, là-bas, ajouta notre professeur en lui montrant un groupe d'élèves qui discutaient au fond de la scène.

Chris était en train d'expliquer quelque chose à l'équipe des décorateurs et gesticulait de façon dramatique sous leurs yeux médusés. Jeffrey s'en alla les rejoindre, visiblement heureux.

Je m'assis dans l'auditorium et me concentrai sur mon rôle.

Je jouais pratiquement dans chaque scène. Comment me rappeler tout ce texte ? Je poussai un soupir et me renversai sur mon siège, les pieds posés sur le dossier du siège devant moi.

Je venais de déclamer ma troisième réplique

– « Quelle preuve avez-vous que cet homme pourrait être dangereux ? » — quand toutes les lumières s'éteignirent.

Le noir total !

Les élèves se mirent à protester :

– Hé ! Qui a éteint la lumière ?

– Qu'est-ce qui se passe ?

– Rallumez !

Au même instant, un cri — comme un hurlement animal — déchira les ténèbres et se répercuta dans tout l'auditorium.

– Qu-qu-qu'est-ce que c'était ? gémit John Greene. Quelqu'un s'exclama :

– Cela vient de la passerelle, là-haut ! Dans les cintres !

– Rallumez la lumière ! suppliait John Greene. S'il vous plaît, rallumez la lumière !

– Qui a poussé ce cri ? demandaient des voix effrayées. Vous avez entendu ?

– Il y a quelqu'un sur la passerelle !

Les lumières de l'auditorium se rallumèrent en clignotant.

Un autre hurlement me fit lever la tête.

Et je le vis. Une créature au masque bleu-vert, enveloppée d'une longue cape noire aux reflets luisants. Qui se penchait sur la passerelle du théâtre, là-haut, dans les cintres. Saisissant une corde, il se laissa descendre sur la scène.

En mettant le pied à terre, il rejeta la tête en arrière et éclata d'un rire horrible, un rire de démon.

Je me levai d'un bond, stupéfaite.

Le fantôme !

11

Le fantôme lâcha la corde et promena son regard autour de lui. Chris et son équipe de décorateurs étaient restés figés contre le mur. Mme Walker paraissait frappée de stupeur. Le fantôme pivota sur lui-même en faisant virevolter sa cape et se dirigea vers la trappe au milieu de la scène.

« Il n'est pas très grand, me dis-je. Il doit avoir à peu près la taille de Patrick. Peut-être quelques centimètres de plus. À moins qu'il n'ait exactement la taille de Patrick, parce que c'est lui ! »

– Patrick ! Hé, Patrick ! appelai-je.

Le masque verdâtre se retourna vivement pour scruter l'auditorium. Mais déjà, le fantôme commençait à s'évanouir. Ses pieds disparurent. Puis les jambes de son pantalon noir.

Je ne comprenais pas à quel moment il avait pu actionner le levier de la trappe.

– Patrick ! braillai-je. Tu n'es pas drôle !

Je me précipitai sur scène. Le fantôme n'était plus là.

Je courus me pencher par-dessus la trappe obscure. Mme Walker me rejoignit, visiblement très irritée.

– Tu penses que c'était Patrick ? me demanda-t-elle.

– Je… Je n'en suis pas certaine, bégayai-je.

– Patrick ! cria Mme Walker. C'est toi qui es là-dessous ?

Pas de réponse.

La plate-forme était descendue jusqu'au fond. On ne voyait qu'un interminable puits noir.

Des élèves se bousculèrent autour de l'ouverture en bavardant avec animation. Certains riaient de bon cœur.

– Patrick a-t-il l'intention de gâcher toutes les répétitions ? fulmina Mme Walker. Se croit-il obligé de nous faire peur chaque jour ?

Je haussai les épaules. Je ne savais que répondre.

– Et si ce n'était pas lui ? observa John.

Il avait l'air très effrayé.

– Ça ne peut être que lui, voyons, dit Mme Walker. Elle parcourut lentement des yeux la scène autour d'elle, puis les sièges de l'auditorium.

– Patrick Milton ? Tu m'entends ? cria-t-elle de nouveau, les mains en porte-voix.

Toujours pas de réponse. Aucun signe de Patrick.

– Tu ne sais donc pas où il se cache, Mary ? intervint sournoisement Chris. Après tout, c'est ton ami. Tu pourrais lui dire d'arrêter ses singeries.

La colère me fit bredouiller quelque chose d'inintelligible. Patrick est mon ami, d'accord, mais je ne suis pas responsable de lui ! Chris essayait de me faire paraître à mon désavantage et de s'attirer les faveurs de Mme Walker.

– C'est bon. Les gens du décor, retournez à votre travail, ordonna celle-ci. Je vais m'occuper de ça. Quant aux autres...

Elle s'interrompit. Nous avions tous entendu. Le choc. Le grincement métallique.

– La trappe ! m'exclamai-je. La plate-forme remonte !

– Parfait ! marmonna Mme Walker.

Elle croisa les bras sur sa poitrine et fixa l'ouverture de la trappe d'un œil sévère.

– Je vais pouvoir dire à Patrick ce que nous pensons de sa petite plaisanterie. Sa dernière plaisanterie, d'ailleurs.

« Oh-oh, pensai-je. Pauvre Patrick. »

Mme Walker est une personne charmante, à condition de ne pas provoquer sa colère. Si par malheur cela vous arrivait, si vous l'ameniez à se croiser les bras en vous regardant d'un air mauvais, alors là, vous courriez de gros ennuis. Parce qu'elle pouvait se montrer vraiment vache.

Je savais que Patrick ne cherchait qu'à s'amuser un peu à nos dépens. Il adore attirer l'attention. Il adore faire peur aux gens.

Il essayait de prouver que nous étions tous des petits froussards, et pas lui.

Mais cette fois, le jeu se retournait contre lui. Il était allé trop loin. Et Mme Walker l'attendait, les bras croisés, le regard féroce.

« Va-t-elle le renvoyer de la pièce ? me demandai-je. Ou va-t-elle se contenter de lui passer un savon ? » Le grincement métallique s'intensifia, faisant vibrer les planches, puis il cessa brusquement : la plateforme avait dû s'arrêter comme d'habitude à deux mètres au-dessous de la scène.

« Pauvre Patrick, pensai-je. Il ne sait pas ce qui l'attend. »

Je me penchai pour le voir apparaître — et j'écarquillai les yeux, stupéfaite.

12

La plate-forme était vide.

Patrick, ou qui que ce fût, l'avait renvoyée avant de disparaître dans le souterrain au-dessous de l'école.

« Patrick ne ferait pas ça, me dis-je. Il ne serait pas assez fou pour descendre dans ces ténèbres tout seul, sans avoir la moindre idée de ce qu'il pourrait rencontrer en bas. »

Mme Walker annula la répétition. Elle demanda toutefois à l'équipe des décorateurs de rester pour peindre la toile de fond. Les autres pouvaient rentrer chez eux et continuer à apprendre leur rôle.

– J'aurai une longue conversation avec ce voyou quand je mettrai la main sur lui, déclara-t-elle, furieuse.

Puis elle tourna les talons et sortit de l'auditorium. Je pris mon temps pour rentrer chez moi. Je pensai à Patrick tout le long du chemin. J'y pensai tellement que je dépassai ma maison !

Au bout de ma rue, je vis la voiture rouge de sa mère se garer devant leur portail. Protégeant mes yeux du soleil couchant, je vis ensuite Mme Milton sortir de la voiture. Patrick apparut de l'autre côté.

– Patrick ! appelai-je en courant vers lui.

Sa mère me fit un petit signe amical et s'engouffra dans la maison. Lui avait l'air surpris de me voir.

– La répétition est déjà finie ?

– Oui. Grâce à toi, marmonnai-je.

– Hein ? Qu'est-ce que j'ai encore fait ?

– Personne n'a trouvé ça drôle, Patrick. Sans compter que maintenant, tu vas avoir de gros ennuis avec Mme Walker.

Il fronça les sourcils, prétendant ne pas comprendre.

– Qu'est-ce que tu racontes, Mary ? Comment puis-je avoir des ennuis ? Je n'étais même pas là !

– À d'autres ! Je t'ai reconnu.

Il secoua la tête. Ses taches de rousseur semblèrent devenir plus foncées. Ses cheveux blonds s'agitaient au vent.

– Je te répète que je n'étais pas là. J'ai prévenu Mme Walker de mon absence. Je lui ai dit ce matin que je ne pouvais pas assister à la répétition.

– Pour pouvoir mettre ton masque et ta cape et descendre de la passerelle à l'aide d'une corde ? demandai-je d'un air soupçonneux.

– Non. J'avais rendez-vous chez le dentiste.

Je le regardai, abasourdie.

– Pas la peine de faire cette tête-là, Mary. Il s'agissait seulement d'un examen de routine.

– Tu… Tu n'étais pas à l'école ? bégayai-je.

– Puisque je te le dis !

– Mais alors, qui était le fantôme ? articulai-je dans un souffle.

Un mystérieux sourire apparut sur son visage.

– C'était toi ! criai-je, furieuse. Tu nous as fait ton numéro de fantôme, et ensuite, tu es parti à ton rendez-vous chez le dentiste. C'est ça, Patrick ? C'est ça, hein ?

Il se contenta d'éclater de rire et ne voulut pas me répondre.

Après les cours, le lendemain après-midi, je me rendis à la répétition en compagnie de Jeffrey. Il était particulièrement mignon. Il portait un gilet noir sur un T-shirt blanc uni, et un jean délavé.

– Tu t'entends bien avec Chris ? lui demandai-je.

– Pas trop mal, répondit-il. Elle est plutôt autoritaire. Mais elle m'a laissé m'occuper de la toile de fond sans trop intervenir.

Je saluai quelques élèves qui rentraient chez eux. Au bout du couloir, j'aperçus John et Chris qui se dirigeaient vers l'auditorium.

– Est-ce que Patrick a mis les choses au point avec Mme Walker ? dit Jeffrey. Je l'ai vu discuter avec elle ce matin.

– Oui. Elle lui a permis de rester dans la pièce, du moins pour le moment.

– Tu penses que c'est Patrick qui nous a joué cette farce hier ?

Je hochai la tête.

– Oui, j'en suis convaincue. Il aime effrayer les gens. C'est son passe-temps favori depuis son plus jeune âge. J'imagine qu'il veut nous faire croire qu'un vrai fantôme hante l'école.

Et j'ajoutai en souriant :

– Mais on ne me fait pas peur si facilement !

Peu après le début de la répétition, Mme Walker nous fit monter sur le plateau, Patrick et moi, afin de nous indiquer quelques déplacements tandis que nous répétions une de nos scènes. Elle appelait ça « prendre ses marques ».

Elle demanda aussi à Chris et à Robert Hernandez, la doublure de Patrick, d'être présents. Mme Walker voulait qu'ils apprennent notre mise en place, à tout hasard.

« À tout hasard ? » pensai-je. Puis je me rappelai la déclaration de Chris : « Si tu tombes malade le soir de la représentation, je jouerai ton rôle à ta place. »

– Chris mon chou, je ne voudrais pas te flanquer la jaunisse, marmonnai-je entre mes dents, mais j'ai l'intention d'être en pleine forme ce soir-là. Alors, ne te fais pas d'illusions, et amuse-toi bien à peindre ton décor.

Je sais, je sais. Ce n'était pas très gentil de ma part. Mais Chris le méritait.

Mme Walker montra à Patrick où il devait se tenir. Je me postai dans les coulisses avec Chris, côté jardin, attendant le signal de mon entrée.

– Alors, Patrick a eu une petite conversation avec Mme Walker ce matin ? me dit-elle. Je l'ai entendu lui raconter qu'il était chez le dentiste, et donc qu'il ne pouvait pas être celui qu'on a vu descendre sur scène en se balançant sur une corde.

Je lui chuchotai de se taire afin de repérer mon signal. Trop tard. Mme Walker appela mon nom.

– Mary Rogers !

Elle avait l'air en colère.

– Qu'est-ce que tu fabriques ? Tu es censée arriver sur scène !

– Merci beaucoup, Chris, murmurai-je.

Je fis mon entrée en courant. Jetant un coup d'œil derrière moi, je vis Chris ricaner en coulisse. Incroyable ! Elle m'avait fait rater mon entrée exprès !

Une fois sur scène, je découvris que je ne savais plus où me placer, ni même à quelle page du texte nous en étions. Quelle était ma première réplique ?

Je ne m'en souvenais plus.

Saisie de panique, je regardai les élèves assis au premier rang de l'auditorium. Ils me dévisagèrent, attendant que je parle.

J'ouvris la bouche, mais rien n'en sortit.

– Ta réplique, c'est : « Y a-t-il quelqu'un ? », cria Chris en coulisse d'une voix de stentor.

« La vache, me dis-je amèrement. Chris ne reculera devant rien pour me ridiculiser. Elle espère que Mme Walker finira par m'éjecter de cette pièce. »

J'étais si furieuse que j'en avais la tête qui tournait. Je n'arrivais plus à penser. Je répétai bêtement ma réplique, puis respirai un bon coup pour me calmer. Patrick avait la réplique suivante. Il devait apparaître sur scène et faire peur à Esmeralda. Mais Patrick n'était plus là. Je ne le voyais nulle part !

Madame Walker s'avança jusqu'à l'avant-scène, les poings sur les hanches. Elle tapait du pied avec impatience.

L'auditorium était silencieux à l'exception de ce tap-tap-tap. Mme Walker semblait très contrariée.

– Où est Patrick ? demanda-t-elle d'une voix éteinte. Qu'est-ce qu'il fabrique encore ? Est-ce qu'il va descendre des combles en costume, une fois de plus ? J'aurais dû deviner ce que Patrick était en train de manigancer. Mais cela ne me traversa l'esprit qu'au moment où j'entendis un bruit familier. Le choc sonore. Le grincement régulier.

La plate-forme de la trappe ! Elle montait !

Je poussai un soupir.

– Voilà Patrick, dis-je à Mme Walker.

Et une seconde plus tard, Patrick apparut, arborant son affreux masque bleu-vert.

Je reculai pour mieux le voir surgir des profondeurs. C'était assez impressionnant. Très dramatique.

Il s'éleva lentement au-dessus du plancher.

La plate-forme s'immobilisa. Patrick resta ainsi un long moment à parcourir des yeux l'auditorium, comme s'il posait pour une photographie. Il était en costume complet : le masque, une cape noire qui descendait jusqu'à ses chevilles, une chemise et un pantalon noirs.

« Quel petit coq ! me dis-je. Il adore que tous les regards soient braqués sur lui. Il se trouve génial ! » Puis il s'avança vers moi à grandes enjambées. À travers son masque, ses yeux plongèrent dans les miens. J'essayai de me rappeler ce que j'avais à dire. Mais avant que je ne puisse prononcer un mot, il m'agrippa les épaules et me secoua violemment. Un peu trop violemment.

« Du calme, Patrick, pensai-je. Ce n'est qu'une répétition. »

– Allez-vous-en ! me souffla-t-il dans un chuchotement furieux.

J'ouvris la bouche pour répondre…

Mais les mots s'étranglèrent dans ma gorge.

Je venais de voir quelqu'un me faire des signes en coulisse. Des signes désespérés.

C'était Patrick !

13

Quelque chose ne tournait pas rond.

Si Patrick se tenait là-bas, en coulisse, qui donc m'étreignait les épaules en me menaçant derrière ce masque ?

– Au secours ! hurlai-je en tentant de me libérer. Au secours !

– Non, Mary ! rectifia Mme Walker. Tu dois dire : « Au secours, mon Père, aidez-moi. »

Elle n'avait rien compris.

Ne voyait-elle pas que j'étais aux prises avec un vrai fantôme qui me secouait comme un prunier ?

Soudain, le fantôme approcha son masque de mon oreille et me chuchota :

– Éloignez-vous. Éloignez-vous de ma demeure !

Et avant que je ne puisse réfléchir davantage, il me lâcha, prit son élan, franchit d'un bond vertigineux la distance qui le séparait de la salle pour s'éloigner à toute allure de long de l'allée centrale, sa cape flottant derrière lui. Je le vis pousser les portes de l'auditorium et disparaître.

Certains élèves applaudirent. J'entendis Chris demander :

– C'est dans la pièce, ça ?

Patrick me rejoignit en courant.

– Mary, tu vas bien ?

– Je… Je n'en sais rien, répondis-je.

Je me sentais vraiment secouée, c'était le cas de le dire.

– Quelle aventure ! s'exclama Patrick.

Mme Walker traversa le plateau à grands pas, balançant son manuscrit à bout de bras. La perplexité se lisait sur son visage.

– Quelqu'un peut-il m'expliquer ce qui vient de se passer ? demanda-t-elle.

– Il y a donc un fantôme dans cette école, murmura Patrick d'un air pensif.

J'étais assise entre lui et Jeffrey, au premier rang de l'auditorium. Jeffrey grattait une tache de peinture noire sur le dos de sa main. La répétition avait pris fin quelques minutes auparavant. La porte venait de se refermer sur Mme Walker, un bruit de voix nous parvenait faiblement du hall.

– Pourquoi me regardes-tu comme ça ? s'étonna Patrick.

Je décidai d'être franche :

– Parce que je me demande encore si tu n'as pas quelque chose à voir dans cet étrange incident.

Il leva les yeux au ciel.

– Bien sûr, marmonna-t-il. Et comment aurais-je pu être en deux endroits à la fois, Mary ? Tu as pensé à ça ? Même pour quelqu'un d'aussi brillant et astucieux que moi, c'est plutôt difficile !

Je me mis à rire.

– Difficile, mais possible. Je t'ai vu parler à Joe Selter ce matin avant l'école. Il se pourrait que tu aies manigancé ton numéro de fantôme avec lui. Tu as remis ton costume à Joe, et tu lui as expliqué ce qu'il devait faire. Allez, avoue. Tu as mis ça au point avec lui, pas vrai ?

Il ouvrit des yeux ronds.

– Hein ? Et dans quel but ?

– Pour me faire peur. Pour faire peur à tout le monde. Pour nous faire croire qu'il y a un vrai fantôme. Et après, quand tu nous aurais flanqué une bonne frousse, tu éclaterais de rire et tu dirais : Je vous ai eus ! Et nous aurions tous l'impression d'être des imbéciles.

Un petit sourire éclaira les traits de Patrick.

– J'aurais aimé avoir une idée pareille, Mary. Mais je n'ai rien manigancé du tout. Et je n'ai pas...

À ce moment-là, Chris sauta à pieds joints hors du plateau et fonça sur nous sans crier gare. Je suppose qu'elle venait de travailler au décor, derrière le rideau.

– Tu te sens mieux, Mary ? me demanda-t-elle froidement.

Je la regardai.

– Mieux ? Que veux-tu dire ? Je vais très bien.

– Tu avais l'air si affolée sur scène, tout à l'heure. J'ai pensé que tu ne te sentais pas bien, insista-t-elle. Tu n'as pas attrapé la grippe, au moins ? Il paraît qu'il y a un virus redoutable qui se balade, ces temps-ci…

Sans me laisser le temps d'ouvrir la bouche, elle s'éloigna rapidement dans l'allée centrale et sortit de l'auditorium.

– Elle adorerait que j'attrape une maladie, dis-je à Patrick. Tu ne trouves pas ça écœurant ?

Mais il semblait perdu dans ses pensées : il ne m'entendit même pas. Je lui donnai un coup de coude.

– Patrick ! Et si Chris avait tout inventé ? Si elle avait organisé ces apparitions pour m'effrayer et me faire renoncer au rôle d'Esmeralda ?

– C'est idiot, répondit doucement Patrick.

– Oui. Tu as sans doute raison.

Jeffrey avait fini d'ôter la tache de peinture de sa main.

– Rentrons à la maison, suggérai-je. Il est vraiment tard. Nous reparlerons du fantôme une autre fois. Je me levai. Patrick me lança un regard noir.

– Tu ne me crois pas, hein ? Tu penses toujours que je joue à te faire peur ?

– Peut-être. Peut-être pas, dis-je en passant par-dessus ses genoux pour gagner l'allée centrale. Je ne savais plus où j'en étais.

Jeffrey se leva à son tour et me suivit vers la sortie. Je me tournai vers Patrick, qui n'avait pas bougé de sa place.

– Alors, Patrick, tu viens ? Tu rentres avec nous ?

– Ouais, ouais, j'arrive, marmonna-t-il.

Nous longions le couloir en direction de nos casiers métalliques quand Patrick s'exclama soudain :

– Zut, j'ai oublié !

– Oublié quoi ?

C'était presque l'heure du dîner. Il me tardait de rentrer à la maison. Ma mère devait probablement s'imaginer que j'avais été renversée par un autobus, selon son habitude.

– Mon livre de math, expliqua Patrick. Il faut que je passe au secrétariat. Je l'ai laissé dans l'auditorium hier. Je veux savoir si quelqu'un l'a rapporté.

– À plus tard ! dit Jeffrey en s'éloignant.

– Où habites-tu ? lui criai-je.

Il m'indiqua vaguement une direction. Le sud, je crois.

– À demain ! dit-il, en disparaissant au détour du couloir.

Je suivis Patrick jusqu'au bureau de M. Lévy, notre directeur. Dorothée, sa secrétaire, était encore là. Elle venait d'éteindre son ordinateur et s'apprêtait à rentrer chez elle.

– Est-ce que quelqu'un vous a rapporté mon livre de math ? lui demanda Patrick.

– Ton livre de math ?

Elle le dévisagea d'un air étonné.

– Je l'ai laissé dans l'auditorium hier soir, poursuivit-il. Je pensais qu'Émile, le veilleur de nuit, vous l'avait peut-être rapporté.

L'expression de Dorothée vira à l'étonnement.

– Qui ça ?

– Vous savez bien, répondit Patrick. Le petit vieux aux cheveux blancs. Emile, le veilleur de nuit.

Dorothée secoua la tête.

– Tu dois faire erreur, Patrick, dit-elle. Aucun Émile ne travaille dans cette école. Et nous n'avons pas de veilleur de nuit.

14

Chris Powell me téléphona chez moi ce soir-là.

– Je voulais savoir comment tu te sentais, dit-elle. Tu étais si pâle tout à l'heure, Mary.

– Je n'ai pas la grippe ! criai-je.

Cette crétine me faisait perdre mon sang froid.

– Tu as pourtant beaucoup éternué, hier, poursuivit Chris sans s'émouvoir.

– Ça m'arrive souvent, répondis-je. Salut, Chris.

– Qui était cet autre fantôme qui a surgi sur le plateau cet après-midi ? demanda-t-elle sans me laisser le temps de raccrocher.

– Je n'en sais rien.

– Il avait l'air effrayant, interrompit Chris. J'espère que tu n'as pas eu trop peur, Mary.

– Je te verrai demain. Ciao, dis-je sèchement.

Je coupai la communication avant qu'elle puisse ajouter autre chose.

Chris commençait vraiment à me casser les pieds.

Elle tenait tellement à jouer le rôle d'Esmeralda. Qui sait de quoi elle était capable pour l'obtenir ?

Était-elle capable de me faire suffisamment peur pour que j'y renonce ?

Un peu plus tard, Patrick me téléphona et voulut me persuader qu'Émile était notre fantôme.

– Il nous a menti, non ? Il nous a dit qu'il travaillait à l'école. Et il a essayé de nous effrayer. Ça ne peut être que lui, Mary !

– Peut-être, répondis-je en jouant avec l'élastique autour de mon poignet.

– Il a la bonne taille, poursuivit Patrick. Il connaît l'existence de la trappe. Et que faisait-il dans l'auditorium l'autre soir, alors que tout le monde était parti ?

Cela semblait logique.

Patrick me demanda d'arriver à l'école de bonne heure le lendemain, afin que nous puissions parler d'Émile à Mme Walker.

Cette nuit-là, je rêvai de la pièce. J'entrais en scène vêtue de mon costume, sous le feu des projecteurs. La salle était comble.

Le public attendait qu'Esmeralda se mette à parler. J'ouvris la bouche — et je m'aperçus que je ne savais plus ce qu'il fallait que je dise. Je regardai avec angoisse les visages attentifs des spectateurs.

J'avais tout oublié. Chaque réplique.

Les mots s'étaient envolés comme des oiseaux quittant leur nid.

Je restai là, affolée, sans bouger, sans parler.

Puis je m'éveillai en sueur, tremblant de la tête aux pieds. J'avais rejeté ma couverture par terre.

Quel rêve épouvantable !

Je me dépêchai de me lever, de m'habiller. Je voulais oublier cet affreux cauchemar le plus vite possible. Après un rapide petit déjeuner, je retrouvai Patrick sur le perron de l'école. Il regardait sa montre avec impatience.

Il me prit par le bras et m'entraîna vers la salle de classe. Il ne me laissa même pas prendre mes livres dans mon casier, ni enlever mon manteau.

Mme Walker était assise à son bureau et commençait à déballer ses affaires. Elle nous sourit en nous voyant arriver, mais son sourire s'évanouit quand elle vit notre air solennel.

– Quelque chose ne va pas ?

– Est-ce qu'on peut vous parler ? chuchota Patrick en regardant à la dérobée les élèves déjà installés à leur place. En privé ?

Mme Walker observa la pendule murale.

– Ça ne peut pas attendre ? La cloche va sonner dans deux minutes.

– Ce ne sera pas long, promit Patrick.

Elle nous suivit dans le couloir et s'adossa au mur.

– Qu'est-ce qui se passe ?

– Il y a un fantôme dans l'école, déclara Patrick. Mary et moi, nous l'avons vu.

Mme Walker leva les mains pour nous arrêter.

– C’est vrai ! insistai-je. Nous l’avons vu dans l’auditorium l’autre soir. Nous sommes restés après les autres pour essayer la trappe, et…

– Vous avez fait quoi ? s’écria-t-elle en nous examinant tour à tour d’un œil sévère.

– Je sais, je sais, marmonna Patrick, devenu tout rouge. Nous n’avions pas le droit. Mais…

Je lui coupai la parole :

– Il y a un fantôme. Et il veut saboter notre pièce.

– Vous pensez que j’ai manigancé les phénomènes bizarres auxquels nous assistons à chaque répétition, ajouta Patrick. Mais ce n’est pas vrai. C’est le fantôme. Il…

Mme Walker leva de nouveau les mains. Elle commença à dire quelque chose, mais la cloche sonna — juste au-dessus de nos têtes.

Tout le monde sursauta et se boucha les oreilles.

Quand la cloche s’arrêta, Mme Walker regarda un instant du côté de la salle de classe. Un drôle de boucan parvenait jusqu’à nous. Les élèves profitaient de son absence pour chahuter.

Puis elle reporta son attention sur nous.

– Je regrette vraiment de vous avoir raconté cette histoire, dit-elle enfin.

– Hein ? fit Patrick.

– Je n’aurais jamais dû vous parler de cette vieille histoire de fantôme, répéta Mme Walker, visiblement mal à l’aise. J’ai semé le trouble dans votre esprit. Je vous présente mes excuses pour vous avoir effrayés.

– Mais vous n'y êtes pas du tout ! s'écria Patrick. Nous avons vu un type, et…

– Faites-vous des cauchemars, en ce moment ? interrompit Mme Walker.

Elle n'avait pas cru un mot de ce que nous disions.

– Écoutez… commençai-je.

Mais un bruit fracassant retentit de l'autre côté du mur. Il fut aussitôt suivi par des éclats de rires.

– Allons rejoindre les autres, dit Mme Walker. Et plus de plaisanteries de ce genre, d'accord ? Plus de mauvaises farces. Nous voulons tous que la pièce de l'école soit une réussite, n'est-ce pas ?

Avant que nous ne puissions répondre, elle tourna les talons et entra dans la classe.

Jeffrey regardait en frissonnant la cime noire des arbres.

– Qu'est-ce que je fais là ? gémit-il. Pourquoi vous ai-je écoutés ?

– Parce que tu es un type chouette, dis-je en lui tapotant l'épaule.

– Non. Parce que je suis un idiot ! rectifia Jeffrey. L'idée venait de Patrick. Il était passé me prendre après le dîner. J'avais menti à mes parents en leur racontant que nous avions une répétition tardive. Jeffrey nous attendait devant l'école, comme promis.

– Quand je pense que Mme Walker n'a pas voulu nous croire ! maugréa Patrick.

– Est-ce que tu croirais à une histoire aussi farfelue, toi ? lui demandai-je.

– Eh bien, nous allons trouver ce fantôme et prouver que nous disons la vérité ! Nous n'avons plus le choix, Mary. Si Mme Walker refuse de nous aider, nous ne pouvons compter que sur nous-mêmes.

– Avoue que l'aventure te tente, lançai-je pour le taquiner.

Il me dévisagea.

– Écoute, Mary, si tu as peur…

Je lui donnai une petite bourrade.

– Dépêchons-nous. Tu verras qui a peur et qui a du courage.

– Moi, j'ai un peu peur, avoua Jeffrey. Et si quelqu'un nous surprenait ?

– Qui pourrait nous surprendre ? rétorqua Patrick. Tu sais ce que Dorothée nous a dit. Il n'y a pas de veilleur de nuit.

– Mais s'il y avait un système d'alarme ?

– Laisse-moi rire, fis-je en levant les yeux au ciel. Notre directeur ne peut même pas se payer des taille-crayons ! Alors, un système d'alarme…

– Bon, il faut trouver un moyen d'entrer, annonça tranquillement Patrick en surveillant la rue.

Une camionnette passa sans ralentir. Il attendit qu'elle s'éloigne pour secouer le loquet de la porte principale.

– Elle est fermée à clé.

– On pourrait essayer les portes sur le côté ? suggéra Jeffrey.

Nous fîmes le tour du bâtiment. Toutes les portes, même celle de derrière, étaient verrouillées.

Je levai les yeux vers le toit. Sa masse imposante nous dominait de très haut. Rien à espérer de ce côté-là, à moins d'être acrobate.

– Hé ! J'aperçois une fenêtre ouverte, là-bas, chuchota Patrick. Suivez-moi !

Il se dirigea en courant vers la fenêtre d'une salle de classe du rez-de-chaussée, la salle de chimie. Il agrippa le rebord des deux mains et se hissa péniblement à l'intérieur.

Un peu plus tard, Jeffrey et moi pénétrions à notre tour dans la classe. Je m'avançai dans le noir sur la pointe des pieds.

– Aïe ! criai-je en me cognant à une table.

– Tais-toi donc ! grogna Patrick.

– Je ne l'ai pas fait exprès ! chuchotai-je, furieuse. Il avait déjà atteint la porte. Je le rejoignis prudemment, Jeffrey sur mes talons.

Le couloir était encore plus obscur que la salle de classe. Collés au mur, nous progressions lentement vers l'auditorium.

Mon cœur battait à coups précipités. J'avais des picotements partout.

« Tu n'as aucune raison d'avoir peur, pensai-je. Ce n'est que ton école, ta vieille école où tu es déjà venue des millions de fois. Et il n'y a personne d'autre que Patrick, Jeffrey et toi. Et un fantôme. Un fantôme qui n'a sans doute pas envie qu'on le dérange. »

– Je n'aime pas beaucoup ça, bredouilla Jeffrey derrière moi. Je commence à avoir très peur.

– Tu n'as qu'à imaginer que tu joues dans un film d'horreur, lui dis-je pour le rassurer.

– Mais je n'aime pas les films d'horreur !

– Chut ! fit Patrick.

Il s'arrêta brusquement. Je lui rentrai dedans.

– Ne sois pas si empotée, Mary, chuchota-t-il.

– Ne sois pas si encombrant, Patrick, répliquai-je. Je scrutais l'obscurité. Nous étions juste devant l'auditorium.

Patrick ouvrit la porte la plus proche et nous jetâmes un coup d'œil à l'intérieur. Le noir total. Une odeur de poussière. Une atmosphère fraîche et humide. « C'est parce qu'un fantôme y habite », me dis-je. L'idée fit accélérer encore les battements de mon cœur. J'aurais voulu avoir un peu plus de maîtrise de moi-même.

Patrick tâtonna le long du mur et alluma une série de lampes fixées sur plusieurs rangées de sièges à notre gauche. La scène apparut. Vide et silencieuse. Quelqu'un avait laissé une échelle appuyée contre un mur. Plusieurs boîtes de peinture étaient alignées à ses côtés.

– Si on allumait toutes les lumières ? suggéra Jeffrey. Il avait l'air de plus en plus mal à l'aise.

– Jamais de la vie, répondit Patrick en observant le plateau. On doit être le plus discrets possible !

Serrés les uns contre les autres, nous avancions dans l'allée centrale. La lumière blafarde projetait des ombres fantomatiques autour de nous.

L'une d'elles n'avait-elle pas bougé ?

Non.

Je m'encourageais intérieurement : « Arrête ça, Mary. Ne te laisse pas emporter par ton imagination. Pas ce soir. »

Nous étions juste à quelques mètres du plateau quand un bruit indistinct parvint à nos oreilles.

Des pas ? Une planche qui craquait ?

Cela nous figea sur place tous les trois. Je saisis le bras de Patrick. Je vis les yeux de Jeffrey s'agrandir de frayeur.

Le bruit se répéta. Cela ressemblait à une quinte de toux, cette fois.

– N-nous... n-nous ne sommes p-pas seuls ! bégayai-je.

15

– Hé ! cria Patrick. Il y a quelqu'un ?

Pas de réponse.

Jeffrey recula et s'accrocha au dossier d'un siège comme à une planche de salut. Quant à moi, je devais être verte.

– C'est lui, me dit Patrick avec un regard luisant d'excitation. Il est là, je le sais.

– Où ça ? croassai-je.

Mon regard parcourut la scène en tous sens. Je ne voyais personne.

Une autre quinte de toux nous fit tressaillir tous les trois.

Et puis une espèce de gémissement de métal rouillé résonna dans tout l'auditorium.

D'abord, je crus que la plate-forme de la trappe remontait des ténèbres. Y avait-il quelqu'un dessus ? Le fantôme allait-il s'élever devant nous ? Non. Le bruit provenait des cintres du théâtre, au-dessus de nos têtes. Je levai les yeux. La toile de fond du décor se déroulait lentement !

– Qui est là-haut ? chuchotai-je. Qui fait descendre le décor ?

Ni Patrick ni Jeffrey ne me répondirent. Patrick avait la bouche grande ouverte et le regard fixe. Jeffrey agrippait toujours le dossier de son siège. Quand la toile de fond acheva de se dérouler, un même cri de stupeur nous échappa.

La toile représentait un mur de briques grises. Jeffrey et ses camarades avaient travaillé dessus des jours et des jours, traçant et peignant chaque brique avec un soin minutieux.

– Qui… qui a saccagé notre toile ? s'indigna Jeffrey. Patrick, et moi restions silencieux, horrifiés.

Le mur de briques grises était éclaboussé de grosses taches de peinture rouge encore dégoulinantes.

– Le décor est complètement fichu ! reprit Jeffrey d'une voix tremblante.

Patrick fut le premier à bouger. Il grimpa sur le plateau et nous fit signe de le rejoindre.

– Qui est là ? cria-t-il, les mains en porte-voix. Silence.

Quelqu'un nous épiait dans l'ombre, je le savais. Quelqu'un avait déroulé ce décor afin de nous montrer ce qu'il venait de lui faire subir.

– Qui est-là ? répéta Patrick. Montrez-vous !

Toujours pas de réponse.

La toile de fond semblait nous attirer comme un aimant. Nous avancions, fascinés. En arrivant tout près, je déchiffrai sous la lumière diffuse les mots qui s'étalaient en grosses lettres de peinture rouge au bas du dessin. Ils disaient :

ÉLOIGNEZ-VOUS
DE MA DEMEURE

– Ça alors ! murmurai-je en réprimant un frisson. J'entendis alors une porte s'ouvrir.

Une silhouette venait de pénétrer dans l'auditorium. Et je tressaillis de frayeur quand je reconnus la personne qui s'avançait vers nous.

16

Mme Walker nous regarda, clignant des yeux à plusieurs reprises, comme si elle avait du mal à croire ce qu'elle voyait.

– Je... Je suis choquée ! dit-elle enfin.

Je cherchai en vain quelque chose à dire, mais aucun mot ne voulait sortir.

Patrick et Jeffrey restaient figés comme moi.

– Je suis vraiment déçue, reprit Mme Walker en s'avançant vers nous. L'effraction est un délit sérieux. Et vous n'avez rien à faire dans...

Elle s'arrêta net et laissa échapper un petit gargouillis quand ses yeux se posèrent sur la toile. Elle avait été si surprise de nous trouver sur scène qu'elle la découvrait seulement maintenant.

– Oh, non ! s'exclama-t-elle en se couvrant le visage des deux mains.

Elle vacilla. Je crus un moment qu'elle allait tomber à la renverse.

– Comment avez-vous pu faire ça ? gémit-elle. Elle se précipita vers la toile de fond maculée de taches de peinture.

– Comment avez-vous pu ? Vos camarades ont travaillé là-dessus avec tant d'assiduité, de bonne volonté. N'avez-vous donc aucun respect pour leurs efforts ?

– Nous n'y sommes pour rien ! protesta Patrick.

– Nous n'avons rien fait, répétai-je.

Elle secoua la tête, comme pour nous chasser de sa vision.

– Je viens de vous prendre la main dans le sac, dit-elle doucement, presque tristement.

Je vis des larmes affluer à ses yeux.

– Mme Walker, je vous assure... commençai-je.

Elle m'arrêta du geste.

– Était-elle si importante pour vous, cette méchante farce ? demanda-t-elle d'une voix tremblante.

– Mme Walker...

– Était-ce si important de faire croire à tout le monde qu'un fantôme hante l'école ? Important au point d'y pénétrer comme des voleurs et de détruire le décor de notre pièce ? Est-ce que ça en valait vraiment la peine ?

– Mais ce n'est pas nous, je vous le jure ! insistai-je, d'une voix tremblante également.

Mme Walker passa le doigt sur une éclaboussure rouge et le retira couvert de peinture.

– La peinture est encore fraîche, dit-elle en me lançant un regard accusateur. Et il n'y a personne d'autre que vous ici. Avez-vous l'intention de me mentir longtemps ?

– Si vous nous donniez une chance de…, commença Patrick.

– Je suis particulièrement déçue par toi, Jeffrey, interrompit Mme Walker sans l'écouter. Tu viens à peine d'arriver dans notre école. Ne penses-tu pas que tu devrais mettre un point d'honneur à te conduire de façon irréprochable ?

Jeffrey devint plus rouge que jamais. Il baissa les yeux d'un air coupable.

– Mme Walker, m'écriai-je, vous devez nous permettre de nous expliquer ! Nous n'avons pas fait ça ! Nous avons trouvé le décor dans cet état !

Elle ouvrit la bouche pour parler, puis changea d'avis et croisa les bras.

– D'accord ! Allez-y. Mais je veux la vérité.

Je levai la main comme quand on prête serment au tribunal.

– C'est vrai qu'on a pénétré dans l'école en cachette. Mais pas par effraction. On est passé par une fenêtre ouverte.

– Dans quel but ? interrogea. Mme Walker d'un ton sévère. Que faites-vous ici ? Pourquoi n'êtes-vous pas chez vous comme vous devriez l'être ?

– On est venu démasquer le fantôme, intervint Patrick. Puisque ce matin vous n'avez pas voulu nous croire.

– Bien sûr que non ! dit Mme Walker. Ce n'est qu'une vieille légende. Juste une histoire.

Patrick laissa échapper un soupir de frustration.

– Mais nous avons vu le fantôme, Mme Walker. Mary et moi. Et c'est lui qui a barbouillé toute la toile de peinture rouge. Pas nous. C'est lui qui est descendu des cintres à l'aide d'une corde, l'autre jour. Et c'est encore lui qui a secoué Mary pendant la répétition d'hier soir.

– Pourquoi vous croirai-je ?

– Parce que c'est la vérité, affirmai-je. Nous sommes venus chercher le fantôme.

– Et où comptiez-vous le trouver ?

– Eh bien, hésita Patrick, probablement sous la scène.

– Ainsi, vous aviez encore l'intention de vous servir de la trappe ? demanda Mme Walker.

Je hochai la tête.

– Peut-être. S'il l'avait fallu.

– J'ai pourtant ordonné à tout le monde de rester à l'écart de cette trappe !

– Je sais, répondis-je. Mais nous tenons vraiment à trouver le fantôme pour vous prouver qu'il existe, que nous ne l'avons pas inventé.

Le visage de Mme Walker restait fermé. Elle continuait de nous regarder avec dureté.

– Vous ne m'avez rien dit jusqu'ici qui puisse me convaincre, observa-t-elle.

– En arrivant, nous avons entendu du bruit, reprit Patrick. Un bruit de pas. Des planches qui craquaient.

Alors, nous avons su qu'il y avait quelqu'un d'autre ici.

– Ensuite, la toile a commencé à se dérouler, ajouta soudain Jeffrey. Et nous sommes restés comme ça, à la regarder. Quand nous avons vu qu'elle était saccagée, nous… nous ne pouvions pas le croire !

L'expression de Mme Walker s'adoucit un peu. Jeffrey semblait tellement bouleversé !

– J'ai travaillé dur sur cette toile, poursuivit-il. Je voulais qu'elle soit parfaite. Je ne sacrifierais pas mon propre travail pour une plaisanterie stupide, oh non ! Je ne ferais jamais, ça !

Mme Walker décroisa enfin les bras et reporta son attention sur la toile. Ses lèvres articulèrent en silence le message qui y était inscrit :

ÉLOIGNEZ-VOUS
DE MA DEMEURE

Elle ferma les yeux et les garda ainsi un long moment.

– J'aimerais bien vous croire, avoua-t-elle enfin. Mais je ne sais pas.

Elle se mit à arpenter le plateau.

– Je suis revenue à l'école en voiture parce que j'avais oublié vos devoirs de math. J'ai entendu des voix dans l'auditorium. J'y entre, et je vous trouve sur scène. Le décor est complètement fichu, couvert de taches de peinture fraîches. Et vous me demandez de croire que l'auteur de ce sabotage est un mystérieux fantôme dont l'histoire remonte à plus de soixante-dix ans.

Je ne répondis rien. Patrick et Jeffrey non plus. Qu'aurions-nous trouvé à dire ?

– Le plus bizarre, c'est que je commence à me poser des questions, murmura Mme Walker en fronçant les sourcils.

Elle secoua la tête. Son corps fluet frissonna.

– De toute façon, il se fait tard. Rentrez chez vous. J'ai besoin de réfléchir à tout ça. Il faudra demander à M. Lévy de mener une enquête. Peut-être nous aidera-t-il à trouver celui qui essaie de gâcher notre pièce.

« Oh, non ! pensai-je. Pas le directeur. Il pourrait décider d'annuler la représentation ! »

Mais je me gardai d'objecter quoi que ce soit. Aucun de nous n'ouvrit la bouche. Nous suivîmes Mme Walker hors de l'auditorium sans échanger un regard. J'étais si soulagée qu'elle nous laisse partir ! Elle alluma une des lampes du couloir. Nous marchions quelques pas derrière elle quand soudain, tout le monde s'arrêta.

Nous venions de repérer des taches de peinture rouge sur le carrelage. Une grande traînée de peinture gluante.

– Tiens, tiens ! Regardez-moi ça ! déclara Mme Walker. Notre peintre était un peu insouciant. Il ou elle nous a laissé une piste.

Elle alluma d'autres lampes pour nous permettre de suivre les traces.

On distinguait nettement çà et là l'empeinte d'une chaussure.

– Alors là, ça me dépasse ! me souffla Patrick.

– Moi, je suis ravie, lui chuchotai-je en retour. Peut-être que ces taches nous conduisent tout droit à celui qui a saccagé notre décor.

– Tu veux dire le fantôme !

– Au moins, ça prouvera à Mme Walker que nous disons la vérité, murmura Jeffrey.

La traînée de peinture se terminait sur une dernière petite flaque rouge, au détour du couloir, juste devant un des casiers métalliques.

– Hmmmm, fit pensivement Mme Walker en promenant son regard de la tache de peinture au casier. La piste semble nous mener ici.

Je vis les yeux de Patrick s'agrandir de stupéfaction.

– Hé ! s'exclama-t-il. Mais c'est mon casier !

17

Personne ne dit rien pendant un moment.

J'entendais la respiration précipitée de Patrick à mes côtés. Il fixait la porte de son casier comme s'il voulait voir au travers.

– Ouvre ton casier, Patrick, ordonna Mme Walker.

– Hein ?

Patrick ne parut pas comprendre ce qu'elle demandait. Il baissa les yeux sur la petite flaque rouge qui tachait le carrelage.

– Vas-y. Ouvre, répéta patiemment Mme Walker.

Elle semblait soudain très lasse. Patrick hésita.

– Mais il n'y a rien là-dedans, protesta-t-il. Seulement des livres et des cahiers.

– S'il te plaît, Patrick. Il se fait tard.

– Vous ne pensez tout de même pas… balbutia-t-il.

Mme Walker montra le cadenas d'un geste impératif.

– Peut-être que quelqu'un a voulu faire croire que Patrick est celui qui s'est servi de la peinture, suggérai-je timidement.

– Peut-être, répondit calmement Mme Walker. C'est pour ça que je veux qu'il ouvre son casier.

– D'accord, d'accord, marmonna Patrick.

Il saisit le cadenas d'une main tremblante et essaya de faire la combinaison.

– J'ai besoin d'y voir clair ! dit-il.

– Oh, pardon ! m'excusai-je en reculant.

Je me rendis compte que je lui faisais de l'ombre.

Adossé au mur, les mains dans les poches, Jeffrey observait la scène avec intensité. Finalement, le cadenas céda avec un « clic ! » sonore et Patrick ouvrit son casier.

Au fond, il y avait une boîte de peinture rouge.

Le couvercle n'était pas bien fermé. Un filet de peinture dégoulinait sur le côté.

– Ce n'est pas à moi ! se récria Patrick.

Mme Walker poussa un long soupir.

– Désolée, Patrick.

– Ce n'est pas à moi, Mme Walker ! Je vous le jure !

– Je vais devoir convoquer tes parents pour une conversation sérieuse, dit-elle en se mordillant la lèvre inférieure. Et naturellement, tu ne joues plus dans la pièce.

– Oh, nooon ! gémit Patrick.

Il referma le casier en claquant la porte aussi fort qu'il put. Le fracas se répercuta le long du couloir désert. Mme Walker tressaillit. Elle lui jeta un regard furieux. Puis elle se tourna vers Jeffrey et moi.

– Vous deux, vous étiez dans la combine ? Surtout, ne mentez pas !

Nous protestâmes d'une seule voix.

– Non !

– Nous n'avons rien fait ! ajoutai-je. Et Patrick non plus !

Mais je savais qu'il était fichu. Quel argument pouvait-il opposer à cette boîte de peinture ?

– Si jamais je découvre que vous avez quelque chose à voir là-dedans, toi ou Jeffrey, je vous renverrai de la pièce et ferai venir vos parents aussi, menaça Mme Walker. Maintenant, rentrez chez vous. Tous.

Nous nous dirigeâmes vers la sortie en traînant les pieds, l'air accablé, sans ajouter un mot.

Dehors, la brise nocturne agita les pans de mon blouson et rafraîchit mes joues brûlantes. Un nuage de brume masquait la lune. Je suivis Patrick et Jeffrey dans la cour.

– Est-ce que vous pouvez croire ça ? fulmina Patrick.

Moi, ça me dépasse.

– Moi aussi, dis-je en secouant la tête.

Pauvre Patrick ! Je voyais qu'il était très embêté. Et quand ses parents recevraient cette convocation de Mme Walker, il risquait de l'être encore plus !

– Comment cette peinture est-elle parvenue dans ton casier ? lui demanda Jeffrey en le dévisageant avec perplexité.

– Qu'est-ce que j'en sais, moi ! aboya Patrick.

Nous étions à présent sur le trottoir. Il donna un coup de pied furieux dans une boîte en carton qu'il envoya valser dans la rue.

– Bon, eh bien, à demain, dit Jeffrey, malheureux.

Il nous fit un petit signe de la main, puis se détourna et s'éloigna lentement.

Patrick partit en petites foulées dans la direction opposée.

– Tu ne rentres pas avec moi ? lui criai-je.

– Non ! me répondit-il sans cesser de courir.

D'une certaine façon, j'en fus soulagée. Je ne savais pas quoi lui dire.

Je me sentais seulement misérable.

Tandis que je marchais tout en réfléchissant, tête basse, je vis un petit faisceau de lumière danser sur ma gauche et venir vers moi. Il semblait se déplacer dans le parking de l'école, qui se trouvait de l'autre côté de la rue.

La lumière grandit. C'était le phare d'une bicyclette.

La bicyclette tourna pour sortir du parking et roula paisiblement dans ma direction.

Quand elle ne fut plus qu'à quelques pas, je reconnus la personne qui pédalait.

– Chris ! m'écriai-je. Qu'est-ce que tu fais là ?

Elle freina brutalement, rebondissant sur son siège.

La lueur d'un réverbère proche éclaira ses yeux noirs. Elle souriait. Un étrange sourire.

– Salut, Mary. Comment tu vas ?

Sortait-elle de l'école, elle aussi ?

– D'où viens-tu ? demandai-je.

Son mystérieux sourire resta accroché à ses traits.

– J'étais chez des amis, dit-elle. Je les quitte à peine.

– En faisant un détour par l'école ?

– L'école ? Oh, non. Certainement pas.

Elle se remit en selle, le pied sur la pédale.

– Tu devrais fermer ton blouson, Mary, me conseilla-t-elle. Tu ne voudrais pas attraper froid, n'est-ce pas ?

18

Le samedi, on répéta toute la journée dans l'auditorium. La représentation approchait à grands pas. Plus qu'une semaine ! Le travail était dur, mais tout se passa bien. Je n'oubliai mon texte que deux fois. Cela dit, sans Patrick ce n'était pas la même chose. Robert Hernandez avait pris sa place. J'aime bien Robert. Seulement, c'est un gars très sérieux. Il ne comprend pas mes plaisanteries. Il n'aime pas faire des blagues aux autres — et encore moins qu'on lui en fasse. Après le déjeuner, Robert et John répétèrent une scène en duo. Mme Walker n'était pas encore revenue du réfectoire.

J'allai voir Jeffrey. Penché, sur la toile de fond, un pinceau dégoulinant de peinture noire à la main, il mettait la touche finale à quelques briques.

– C'est plutôt chouette, lui dis-je.

– Comment vont les répétitions ? me demanda-t-il sans quitter son travail des yeux.

– Ça va.

De l'autre côté de la scène, Chris était à l'œuvre avec un grand pot de vernis. Elle en passait une couche épaisse sur un chandelier en carton.

– Robert fera un bon fantôme, affirma Jeffrey en se grattant le menton avec le manche de son pinceau.

– Ouais. Mais Patrick me manque.

Jeffrey hocha la tête. Puis il se redressa et me regarda.

– Tu sais quoi ? Nous n'avons pas eu droit à une seule mauvaise farce depuis qu'il a été renvoyé. Pas de décor fichu. Pas de mystérieux fantôme nous sautant dessus. Pas de menaces barbouillées sur les murs. Rien.

Je n'y avais pas réfléchi jusqu'à cette seconde. Mais Jeffrey disait vrai. Depuis le départ de Patrick, le fantôme ne se manifestait plus.

« Patrick était-il le fantôme ? Avait-il accompli tous ces horribles méfaits ? »

– Est-ce que les parents de Patrick ont piqué une crise quand Mme Walker les a convoqués ? reprit Jeffrey en interrompant mes pensées. A-t-il été puni ?

– Et comment ! Ses parents lui ont interdit de sortir pour le restant de ses jours. Ils lui ont supprimé son argent de poche. Ça veut dire plus de films d'horreur.

Et Patrick ne peut pas vivre sans films d'horreur. Jeffrey gloussa.

– Peut-être qu'il en voit trop !

– Allez, on y va ! lança une voix sonore.

Je me retournai et vis que Mme Walker était revenue de son déjeuner.

– Reprenons à partir de l'acte deux, dit-elle. Nous allons le répéter du début à la fin.

Je me précipitai sur le plateau. Esmeralda était dans toutes les scènes de l'acte deux, ou presque.

Tout en prenant ma place à côté de Robert, je vis Mme Walker saisir son manuscrit sur la table où elle le laissait toujours, et tenter de l'ouvrir — en vain. Son expression changea. Elle poussa un petit cri de colère.

– Quel est le plaisantin qui a fait ça ?

– Que se passe-t-il ? demanda Robert.

Elle souleva le manuscrit et le secoua rageusement.

– Les pages sont toutes collées au vernis !

Des exclamations ahuries s'élevèrent autour de nous.

– La coupe est pleine ! s'étrangla Mme Walker en projetant son manuscrit au loin. Cette plaisanterie était la dernière ! La pièce est annulée ! Vous pouvez rentrer chez vous ! C'est fini !

19

– Est-ce que Mme Walker a changé d'avis ? me demanda Patrick.

Je hochai la tête.

– Ouais. Elle a fini par se calmer et nous a annoncé que la pièce continuait. Mais elle est restée d'humeur massacrante toute la journée.

– En tout cas, cette fois, elle ne peut rien me reprocher, dit Patrick.

Il lança une balle en caoutchouc à travers le salon et Jill, son cocker noir, courut joyeusement après. Jeffrey et moi étions passés chez Patrick pour le tenir au courant des événements. Ses parents étaient au cinéma. Ils rentreraient dans quelques heures.

Jill lâcha la balle et regarda Jeffrey en aboyant. Patrick se mit à rire.

– Il ne t'aime pas, Jeffrey.

Il ramassa la balle et la fit de nouveau rebondir sur la moquette. Mais Jill ignora celle-ci et continua d'aboyer.

Jeffrey rougit. Il se baissa pour caresser la tête du chien.

– Qu'est-ce que tu as contre moi, mon vieux ? Je ne suis pas bien méchant, tu sais.

Jill se sauva dans le couloir.

– Bon, reprit Patrick, ce que vous venez de me raconter prouve qu'il y a un autre plaisantin dans la classe et que je n'ai pas commis toutes les bêtises dont on m'accuse.

Il se renversa sur le canapé.

– Il y a un fantôme, et ce n'est pas moi, poursuivit-il. Mais tout le monde est persuadé que je mens. Mme Walker pense que j'ai voulu saboter sa pièce. Même mes parents me considèrent comme une espèce de voyou.

– Tu étais un bien meilleur fantôme que Robert ! dis-je pour lui remonter le moral. Nous ne sommes qu'à quelques jours de la représentation, et il continue de mélanger ses répliques. Il déclare à qui veut l'entendre qu'il regrette d'avoir auditionné pour la pièce. Il n'a plus envie de jouer dedans, maintenant. Patrick bondit sur ses pieds.

– Si nous pouvions démontrer que je ne suis pas le fantôme, je parie que Mme Walker me rendrait mon rôle !

– Oh-oh, fis-je.

Je savais ce qui allait venir.

– Oh-oh, fit Jeffrey en écho.

Il le savait également.

– Nous allons retourner à l'école, et démasquer ce fantôme une fois pour toutes ! s'exclama Patrick, le regard brillant. Je veux absolument reprendre mon rôle !

Je secouai la, tête.

– Pas question, Patrick…

– Je veux montrer à tout le monde que je n'ai pas tenté de saboter la pièce !

– Tu es puni, ne l'oublie pas, objecta Jeffrey. Tu ne dois pas sortir de chez toi.

Patrick haussa les épaules.

– Si nous prouvons que je suis innocent, mes parents ne m'en voudront pas d'avoir désobéi. Et ma punition sera levée. Allez, les copains, un bon mouvement ! On essaie encore une fois. D'accord ?

Je réfléchis à toute allure. L'idée ne me tentait pas beaucoup. Notre dernière excursion dans l'auditorium s'était plutôt mal terminée.

L'expression de Jeffrey disait clairement qu'il pensait la même chose que moi.

Mais qui pouvait résister à Patrick ?

La tiédeur de la nuit ne m'empêchait pas de frissonner. En approchant de l'école, j'avais l'impression d'être suivie par des formes obscures. Mais chaque fois que je me retournais, elles s'évanouissaient.

« Mary, tu as trop d'imagination », me dis-je :

J'aurais aimé que mon cœur cesse de battre comme un tambour. J'aurais aimé être à la maison, en train de regarder la télé. J'avais un très mauvais pressentiment à propos de cette expédition.

Patrick ne perdit pas de temps à essayer d'ouvrir les portes. Il nous fit pénétrer dans l'école par la même fenêtre. Il nous fallut emprunter les mêmes couloirs sombres pour atteindre l'auditorium.

La veilleuse éclairait faiblement la scène déserte. Contre le mur du fond, on distinguait le décor de briques grises.

Patrick nous entraîna dans l'allée centrale.

Chacun de nous s'était muni d'une lampe de poche. Je promenai le faisceau de la mienne sur les rangs de sièges vides, puis sur les moindres recoins du plateau.

Il n'y avait aucun signe de vie.

– Patrick, on perd notre temps, chuchotai-je, même si personne ne risquait de nous entendre.

Il posa un doigt sur ses lèvres.

– Nous allons descendre sous la scène, annonça-t-il calmement. Et nous allons trouver le fantôme, Mary. Cette fois, nous allons le trouver.

Je ne l'avais jamais vu si sérieux, si déterminé. Un petit frisson me parcourut le dos. J'acquiesçai.

– Heu… je pourrais peut-être rester sur le plateau pendant que vous descendez tous les deux, suggéra Jeffrey. Pour monter la garde.

– Non ! Nous descendons tous les trois, déclara Patrick d'un ton sans réplique. Si nous rencontrons le fantôme, j'aurai besoin de deux témoins pour le démasquer.

– Si le fantôme est bien un fantôme, comment le démasquer ? balbutia Jeffrey.

Patrick le fusilla du regard et affirma avec force :

– Nous le démasquerons.

Jeffrey haussa les épaules. Nous sentions tous les deux qu'il était inutile de discuter avec Patrick ce soir-là.

Le plancher gémit sous nos pas tandis que nous nous dirigions vers la trappe. Nos lampes éclairèrent l'ouverture.

Je me mis au centre, avec Jeffrey. Patrick alla actionner la manette en coulisse, puis nous rejoignit d'un bond léger.

Le choc habituel retentit, la plate-forme grinça et commença à descendre. Quelques secondes plus tard, la lueur de nos lampes se perdait dans les ténèbres.

Tandis que nous nous enfoncions dans le noir, serrés les uns contre les autres, j'eus l'impression que mon cœur descendait aussi — vers mes genoux !

La plate-forme s'immobilisa enfin dans un sursaut. Nous avions touché le fond.

Pendant un court instant, aucun de nous ne bougea. Patrick fut le premier à sauter à terre. Il promena sa lampe autour de lui, dans la vaste salle souterraine au plafond voûté. Je découvris ainsi qu'elle débouchait sur deux tunnels qui s'éloignaient dans des directions opposées.

– Hé, fantôme ! s'écria Patrick. Par ici, mon vieux !

Viens vite me voir !

On aurait dit qu'il appelait son chien.

– Fantôme ! Tu viens, fantôme ? Où es-tu ? poursuivit-il d'une voix chantante.

Je bondis de la plate-forme à mon tour et lui donnai une bourrade.

– Arrête ton cirque ! dis-je. Je croyais que tu prenais tout ça très au sérieux.

– J'essaie seulement de vous faire oublier votre peur, me rétorqua-t-il.

En réalité, il essayait d'oublier sa propre peur.

Je me tournai vers Jeffrey. Dans la demi-pénombre, il avait l'air terrorisé !

– On pourrait peut-être remonter ? implora-t-il. Il n'y a personne ici.

– Jamais de la vie, répondit Patrick. Suivez-moi. Et gardez vos lampes pointées vers le sol pour qu'on puisse voir où on met les pieds.

Il s'engagea dans le tunnel de gauche. Puis, quelques pas plus loin, il s'arrêta pour écouter.

Silence.

Je tremblais de la tête aux pieds.

– Ce tunnel doit s'étendre sous toute l'école, chuchota-t-il en braquant sa lampe devant nous. Peut-être même sous tout le quartier !

Un bruit familier nous fit nous retourner.

Le choc sourd. Le cliquetis métallique.

– La plate-forme ! cria Jeffrey d'une voix stridente.

Nous courûmes en direction du bruit, notre galopade résonnant dans les ténèbres du tunnel. La plate-forme était en train de remonter !

– Il faut appuyer sur la manette ! s'exclama Patrick.

Faisons-la redescendre !

Je tâtonnai le long du mur et finis par trouver la manette. Impossible de l'abaisser. Elle était bel et bien coincée.

La plate-forme s'immobilisa plusieurs mètres au-dessus de nos têtes.

Un silence pesant nous enveloppa. Nous gardions les yeux levés dans l'obscurité, impuissants, pétrifiés.

– Patrick, ça recommence, articulai-je. Nous sommes piégés !

20

J'attendis de voir si quelqu'un descendait. Mais la trappe, là-haut, restait fermée.

– Quelqu'un l'a fait exprès, chuchota Jeffrey. Quelqu'un a actionné la manette et renvoyé la plate-forme.

– Le fantôme ! dis-je.

Je me tournai vers Patrick.

– Et maintenant, que fait-on ?

– Ça ne sert à rien de rester ici, répondit-il en haussant les épaules. Si nous voulons sortir de là, nous devons trouver le fantôme !

On retourna explorer le tunnel. Les yeux fixés sur le halo de nos lampes qui tremblotait dans le noir, nous gardions le silence. Patrick marchait à grandes enjambées. Jeffrey et moi devions hâter le pas pour rester à sa hauteur. Le tunnel amorça un tournant, puis un autre. Le sol devenait humide, boueux. L'air était plus frais.

J'entendis soudain un doux murmure. Je mis un moment à me rendre compte qu'il provenait de Patrick. Il fredonnait un petit air entre ses dents !

« Ne fais pas le mariole, Patrick ! pensai-je. Tu dois bien avoir un peu peur, non ? Si tu crois me berner avec ta chansonnette, tu te mets le doigt dans l'œil. » J'ouvris la bouche pour le taquiner là-dessus, quand le tunnel arriva brusquement à sa fin. Il se terminait par une arche basse au centre de laquelle il y avait une porte.

Patrick me regarda. Puis il examina la porte avec attention.

– Il y a quelqu'un, là-dedans ? demanda-t-il d'une voix mal assurée.

Pas de réponse.

Je poussai la porte, qui s'ouvrit en gémissant, et braquai ma lampe devant moi.

Je découvris une pièce meublée. Une chaise pliante. Un canapé défoncé auquel il manquait un accoudoir. Des étagères de livres le long d'un mur. Un vieux phonographe. Un lit défait. Une table sur laquelle traînaient un bol et une boîte de cornflakes.

Patrick et Jeffrey me suivirent à l'intérieur de la pièce. Le halo de nos lampes glissait lentement sur chaque objet.

– Incroyable ! murmura Patrick avec un petit sourire. Nous venons peut-être de pénétrer dans la demeure du fantôme.

Jeffrey s'avança jusqu'à la table et braqua sa lampe dessus.

– Dans ce cas, nous l'avons manqué de peu ! observa-t-il. Il y a encore un fond de cornflakes dans son bol.

– C'est stupéfiant ! m'exclamai-je. Dire que quelqu'un vit ici, bien au-dessous du…

Je m'interrompis, sentant venir un éternuement.

J'essayai de le retenir. Impossible. J'éternuai une fois. Deux fois. Cinq fois.

– Arrête, Mary ! implora Jeffrey. Il va t'entendre.

– Mais nous voulons justement qu'il nous entende ! lui rappela Patrick.

J'éternuai huit fois de suite, ce qui me laissa quelque peu hébétée.

– Il t'a entendue, j'en suis sûr, affirma Jeffrey en regardant nerveusement autour de lui.

Tout à coup, la porte claqua.

Mon cœur bondit dans ma poitrine. Chaque muscle de mon corps se tendit.

Nos regards se fixèrent sur cette porte. Quelqu'un l'avait fermée volontairement, je le savais. Il ne s'agissait pas d'un courant d'air.

Patrick réagit le premier. Il se précipita sur la poignée, la secoua et poussa très fort. Rien.

Il recula, prit son élan, se jeta contre la porte de tout son poids. Toujours aucun succès.

Quand il se tourna vers nous, son visage révélait pour la première fois de la frayeur.

– Nous… Nous sommes enfermés, dit-il.

21

Je me ruai aux côtés de Patrick.

– On pourrait essayer tous les trois... suggérai-je.

– Si tu veux, me répondit-il.

Mais il ne semblait pas avoir beaucoup d'espoir, ce qui ne fit qu'augmenter ma propre peur.

– C'est ça ! opina Jeffrey en venant se placer près de moi. Poussons tous ensemble. Et nous démolirons cette porte, s'il le faut !

« Bravo, Jeffrey ! » pensai-je.

Il montrait enfin un peu de courage.

Je m'alignai avec mes amis contre la porte, prête à pousser.

Je retenais ma respiration et m'efforçais de me calmer. Mes bras et mes jambes me donnaient l'impression d'être en chewing-gum.

« C'est trop horrible, me soufflait une petite voix. Si nous restons enfermés là-dedans, ce sera pour le restant de nos jours. Nous sommes à des kilomètres du monde. Là-haut, on nous cherchera encore et encore, et on ne nous trouvera jamais. Et nous aurons beau nous égosiller à hurler “au secours”, personne ne nous entendra. »

– D’accord, dis-je, comptons jusqu’à trois. À trois, tout le monde pousse.

Patrick commença à compter.

– Un… Deux…

– Patrick ! Attends une minute, interrompis-je.

Je regardai la porte.

– Pour entrer, j’ai poussé la porte, non ?

– Oui, il me semble, répondit Patrick en me dévisageant avec curiosité.

– Donc ; il ne faut pas la pousser pour sortir, mais plutôt la tirer vers nous.

– Hé ! Mais tu as raison ! s’écria Patrick.

Je saisis la poignée, la tournai, et tirai fortement.

La porte s’ouvrit sans la moindre difficulté.

Un homme se tenait sur le seuil.

Ma lampe éclaira son visage et je le reconnus, aussitôt.

Émile. Le vieillard aux cheveux blancs qui prétendait être le veilleur de nuit.

Il bloquait le passage et nous regardait d’un air mauvais qui rendait encore plus effrayant son affreux visage balafré.

22

– Laissez-nous sortir ! implorai-je.

Il ne bougea pas. Ses yeux d'un noir luisant nous examinaient tour à tour.

J'ajoutai humblement :

– S'il vous plaît.

Il fronça les sourcils. À la lueur de ma lampe, la cicatrice qui lui déformait le visage paraissait encore plus profonde.

– Qu'est-ce que vous faites là ? croassa-t-il enfin. Qui vous a permis d'entrer dans ma demeure ?

– Ainsi… vous êtes le fantôme ! bredouillai-je.

Son regard exprima la surprise.

– Le fantôme ?

Il devint pensif.

– Je suppose qu'on peut m'appeler comme ça.

Jeffrey poussa un cri étouffé.

– Vous avez pénétré dans ma demeure ! reprit l'homme avec colère. Pourquoi ? Pourquoi n'avez-vous pas tenu compte de mes avertissements ?

– Vos avertissements ? répétai-je en tremblant si fort que ma lampe faillit m'échapper des mains.

– J'ai pourtant tout fait pour vous maintenir à l'écart, dit le fantôme. Pour vous éloigner de chez moi.

– Vous voulez parler de l'inscription sur la toile de fond du théâtre ? Et de vos apparitions sur scène ? Et du masque dans mon casier, avec le message ? dis-je. Le fantôme hocha la tête.

– J'ai tenté de vous avertir. Je ne voulais faire de mal à personne. Mais je devais protéger ma demeure.

– Alors c'est pour ça que vous avez tenté de saboter notre pièce ? intervint Patrick en se rapprochant. Juste pour nous empêcher d'utiliser la trappe et de découvrir votre cachette ?

Le fantôme hocha de nouveau la tête, Je demandai :

– Et que s'est-il passé il y a soixante-douze ans ? Que vous est-il arrivé juste avant la première représentation de la pièce ? Pourquoi avez-vous disparu cette nuit-là ?

L'expression du fantôme changea. Je vis passer la confusion dans ses yeux noirs.

– Je… je ne comprends pas, bégaya-t-il en me dévisageant d'un air perplexe.

– Souvenez-vous ! insistai-je. Il y a soixante-douze ans !

Un sourire amer se dessina sur ses lèvres.

– Je ne suis pas vieux à ce point ! répondit-il. Je n'ai que cinquante-sept ans.

– Alors… Vous n'êtes pas le fantôme ? s'étonna Patrick, un peu dérouté.

Émile secoua la tête. Il poussa un soupir de lassitude.

– Je ne comprends rien à ton histoire de fantôme, jeune homme. Je ne suis qu'un pauvre type sans abri qui essaie de protéger son petit espace vital.

Nous le dévisagions tous les trois, cherchant à deviner s'il disait la vérité. Je compris qu'il ne mentait pas.

– Mais comment avez-vous pu vous installer ici, sous l'école ? murmurai-je. Vous connaissiez l'existence de ce souterrain ?

– Mon père a travaillé dans cette école pendant trente ans, expliqua Émile. Il aimait se balader là-dessous, et il avait l'habitude de m'emmener avec lui quand j'étais enfant. Lorsque j'ai perdu mon appartement en ville, je m'en suis souvenu. Et depuis j'habite ici. Cela fait bien six mois, maintenant…

Ses yeux étincelèrent à nouveau de colère. Son inquiétant froncement de sourcils réapparut.

– Et voilà que vous allez tout détruire, n'est-ce pas ? gronda-t-il. Vous allez me gâcher la vie !

Il se déplaça prestement sans crier gare, s'avança tout à coup vers nous, menaçant, nous obligeant à reculer.

Je trébuchai.

– Qu-qu'allez-vous nous faire ? balbutiai-je.

23

– Vous allez tout gâcher ! répéta Émile.

– Non, attendez ! criai-je en levant les mains comme pour me protéger.

Soudain, j'entendis un grincement à l'autre bout du tunnel.

Je me tournai vers Patrick et Jeffrey. Ils avaient entendu aussi.

La plate-forme redescendait !

La même idée nous traversa l'esprit à tous les trois. Il nous fallait parvenir à cette plate-forme. C'était notre seule planche de salut.

– Vous allez tout gâcher… tout gâcher… continuait de ressasser Émile, à présent plus triste qu'en colère. Pourquoi n'avez-vous pas écouté mes avertissements ?

Je ne pris pas le temps de réfléchir. Je bondis vers la porte, bousculant le petit homme au passage. À mon étonnement, il ne fit rien pour m'attraper, me retenir. Une fois dehors, je détalai à toute allure sans jeter un regard derrière moi. J'entendis la course précipitée de Patrick et Jeffrey sur mes talons. Et la voix d'Émile qui se répercutait à travers tout le tunnel.

– Vous allez tout gâcher ! braillait-il.

Est-ce qu'il nous poursuivait ?

Je m'en moquais. Je ne voulais qu'atteindre cette plate-forme et sortir de là au plus vite !

Je galopais aveuglément. Mon épaule heurta la paroi rugueuse du tunnel, mais cela ne me fit pas ralentir. Je parvins devant la plate-forme juste au moment où celle-ci touchait le sol et m'immobilisai de surprise en reconnaissant la personne qui en descendait.

Le père de Patrick.

– Que se passe-t-il ? Qui criait comme ça ?

– Papa ? Qu'est-ce que tu fais là ? s'exclama Patrick. Je ne cessai de regarder derrière moi, m'attendant à voir Émile déboucher du tunnel à tout instant. Nous avait-il suivis ?

Non. Aucun signe de lui.

– Tu devais rester à la maison, dit sévèrement M. Milton. Tu étais puni. Tu l'es toujours. Mais en constatant ton absence, j'ai pensé que tu fouinais sans doute encore autour de ce théâtre. Une des portes de l'école était ouverte. Je suis entré dans l'auditorium et j'ai entendu bouger cette trappe. J'ai décidé de vérifier ce qui se passait. Un homme criait. Qui était-ce ? demanda-t-il une fois de plus.

– Un type sans abri qui essayait de nous faire peur depuis des semaines, dis-je. Il vit dans un tunnel au-dessous du théâtre. Si vous saviez comme je suis contente de vous voir !

Après ces explications, le père de Patrick réussit à débloquer la poignée et nous rejoignit sur la plateforme qui s'élança, nous emportant tous les quatre. Il appela ensuite la police pour signaler qu'un individu suspect habitait sous l'école.

Deux policiers se présentèrent. Nous les regardâmes descendre à travers la trappe, puis un long moment s'écoula. Je croyais qu'ils allaient remonter en compagnie d'Émile, mais ils réapparurent sans lui.

– Il n'y avait personne, rapporta l'un d'eux.

Il ôta son casque et fourragea dans ses boucles noires. Il semblait perplexe.

– Nous n'avons pas trouvé grand-chose, du reste. Seulement quelques vieux meubles.

– Et sa nourriture ? Ses livres ? demandai-je.

– Tout a disparu, répondit le policier. Il a dû s'empresser de déménager. Un des tunnels débouche sur les égouts de la ville. La grille de sortie était encore ouverte.

Après le départ de la police, Jeffrey nous salua et quitta l'auditorium. Le père de Patrick proposa de me déposer chez moi en voiture.

Assise à l'avant, je me tournai vers Patrick.

– Et voilà ton fantôme, dis-je un peu tristement. Juste un pauvre type sans abri.

– Ouais, c'est plutôt décevant, marmonna-t-il en fronçant les sourcils. J'aurais aimé rencontrer un vrai fantôme, un vrai esprit.

Puis son visage s'éclaira.

– Mais au moins, maintenant, Mme Walker me croira. Et elle me permettra de récupérer mon rôle dans la pièce.

La pièce ! Je l'avais presque oubliée.

« Patrick a raison, pensai-je, toute joyeuse. Je vais retrouver mon partenaire préféré, c'est chouette ! Le fantôme est parti. Nous pouvons tous nous détendre et nous amuser. Et nous allons donner une représentation grandiose. »

Je me mettais drôlement le doigt dans l'œil !

24

Le soir de la représentation, je m'installai dans la loge des filles et entrepris de me tartiner la figure de maquillage de scène.

Ne m'étant jamais maquillée auparavant, je crois que je faisais ça plutôt mal. Du reste, j'avais commencé par refuser de porter cette peinture. Mais Mme Walker affirmait que c'était obligatoire. Même pour les garçons. Elle expliquait que le fond de teint adoucissait l'éclat des projecteurs, et qu'un peu de noir aux yeux était indispensable pour les rendre visibles jusqu'au dernier rang des spectateurs.

La folie régnait dans la loge. Les filles jacassaient comme des perruches tout en passant leur costume et en se maquillant. Lisa Rego et Gina Bentley — deux élèves qui n'avaient qu'un rôle insignifiant dans la pièce — mobilisaient l'unique miroir en pied, dans lequel elles s'admiraient en riant et gloussant.

Quand je fus enfin prête à aller regarder de quoi j'avais l'air dans mon costume, le régisseur appelait déjà :

– En place ! Tout le monde en place !

Ma gorge se noua.

« Calme-toi, Mary, me dis-je. N'oublie pas que tu fais ça pour t'amuser, d'accord ? »

Je sortis de la loge, longeai le couloir, me glissai dans l'auditorium par l'entrée des artistes et pris ma place en coulisse. Quelqu'un me tapa sur l'épaule, et je sautai jusqu'au plafond. J'avais les nerfs à fleur de peau. Je me retournai vivement et me retrouvai face à face avec le fantôme !

Je savais que ce n'était que Patrick arborant son costume et son masque, mais il me fit quand même tressaillir.

– Patrick, tu as l'air si… vrai ! Tu es effrayant !

En guise de réponse, il me gratifia d'une révérence qui le plia pratiquement en deux, puis il se dépêcha d'aller rejoindre, lui aussi, sa place.

Le rideau était baissé, mais j'entendais le murmure continu des voix dans l'auditorium. Je soulevai un petit coin de rideau pour regarder dans la salle. Tous les sièges étaient occupés et les spectateurs agitaient leurs programmes. Cette vision finit de me retourner l'estomac.

Les lumières baissèrent peu à peu, le public se tut. La scène s'éclaira. On entendit une musique sinistre. « En avant, Mary, me dis-je. Tu vas faire un tabac. » Quand le rideau s'ouvrit pour la première fois et que le public applaudit le décor, j'entrai en scène avec John. Et j'oubliai complètement mon trac.

– Sois prudente, ma fille, me disait John, qui jouait mon père. Il y a une créature qui vit sous ce théâtre. Un fantôme contrefait, défiguré, monstrueux.

– Je ne vous crois pas, mon père, répondait Esmeralda par ma voix. Vous voulez me faire peur pour m'interdire de m'éloigner de vous. Vous voulez contrôler mon existence, m'empêcher de grandir… Le public semblait passer un bon moment. Il riait quand il le fallait, et applaudissait à tout bout de champ.

« C'est merveilleux ! » pensais-je.

Chaque minute de la représentation me procurait un immense bonheur.

Le premier acte approchait de sa fin, le vrai clou du spectacle allait arriver. Un brouillard factice envahit le plateau. Des projecteurs bleus dessinaient des tourbillons dans les vapeurs mouvantes, leur donnant un aspect étrange, irréel. J'entendis cliqueter la trappe. Je savais qu'elle transportait Patrick dans son costume.

Dans quelques secondes, le fantôme en personne ferait sa grande entrée, en surgissant des ténèbres. Le public allait adorer ça.

– Fantôme, est-ce vous ? appelai-je. Venez-vous à ma rencontre ?

Le masque bleu-vert du fantôme émergea peu à peu, puis ses épaules enveloppées d'une cape noire. Il semblait flotter dans la brume.

Le public émit un chuchotement admiratif. Les applaudissements crépitèrent au fur et à mesure que le fantôme s'élevait, mystérieux et impressionnant, sa cape ondulant comme si elle avait pris vie.

Il s'avança vers moi d'un pas lent et majestueux tandis que la plate-forme redescendait.

– Ô fantôme ! Nous voici enfin réunis ! m'exclamai-je avec toute l'émotion que je pus y mettre. Je rêve de cet instant depuis si longtemps !

Je pris sa main gantée et le conduisis, à travers les nuées bleues, jusqu'à l'avant-scène.

Le faisceau d'un projecteur nous capta tous les deux. Je me tournai pour lui faire face et regardai ses yeux, sous son masque bleu-vert.

Et je me rendis compte que ce n'était pas Patrick !

25

J'ouvris la bouche pour crier. Mais il m'étreignit la main.

Son regard brûlant plongea dans le mien. Il paraissait me supplier de ne rien dire, de ne pas le démasquer. « Qui est-ce ? me demandai-je, figée dans la lumière crue. Pourquoi me paraît-il si familier ? »

Je me retournai vers le public, silencieux, attentif. Je me résolus à lancer ma réplique suivante.

– Fantôme, pourquoi hantez-vous ce théâtre ? Contez-moi votre histoire, s'il vous plaît.

Le fantôme balança sa cape derrière lui. Ses yeux étaient toujours rivés aux miens. Sa main gantée retenait fortement la mienne comme pour m'empêcher de m'enfuir.

– Je vis sous ce théâtre depuis plus de soixante-dix ans, déclara-t-il. Mon histoire est triste. Vous pourriez même la qualifier de tragique, ma belle Esmeralda.

– Je vous en prie, continuez !

« Qui est-ce ? me demandai-je. Qui ? »

– J'avais été choisi pour jouer le rôle principal d'une pièce, expliqua le fantôme. Ici, dans ce théâtre. Ce devait être la plus belle soirée de ma vie !

Il s'interrompit, respira longuement.

Mon cœur cessa de battre. Il ne disait pas le texte !

Qu'est-ce qu'il racontait donc ?

– Mais cette soirée n'a jamais eu lieu ! reprit-il sans cesser de m'étreindre la main. Voyez-vous, chère Esmeralda, une heure avant la représentation, j'ai fait une chute, là. Une chute qui a précipité ma mort !

Un cri étouffé jaillit de ma gorge. Il me montrait la trappe !

Je comprenais tout, à présent. Le garçon qui avait disparu soixante-douze ans plus tôt, celui qui devait jouer le Fantôme et qu'on n'avait jamais retrouvé, c'était lui.

Et il se tenait à côté de moi sur cette même scène. Il nous révélait à tous comment il avait disparu, pourquoi la pièce n'avait jamais été jouée.

– Là ! répéta-t-il en pointant le doigt sur l'ouverture au centre du plancher. C'est là que je suis tombé, et que j'ai rencontré la mort ! Je suis devenu un vrai fantôme. Et depuis, j'ai attendu, attendu, attendu. Espérant que surviendrait une soirée comme celle d'aujourd'hui, où je pourrais enfin jouer mon grand rôle !

Quand il termina son discours, les spectateurs applaudirent à tout rompre en criant : « Bravo ! ».

« Ils croient qu'il joue la comédie, me dis-je. Ils ne devinent pas la douleur sincère derrière les mots. Ils ne se doutent pas qu'il est en train de leur raconter sa véritable histoire. »

Le fantôme fit une profonde révérence. Les applaudissements redoublèrent.

Le brouillard nous enveloppait tous les deux.

« Qui est-ce ? J'ai déjà vu ces yeux. »

La question revenait sans cesse me hanter l'esprit. Il fallait que je connaisse la réponse. Il fallait que je sache qui était le fantôme.

Quand il se redressa, après sa révérence, je réussis à dégager ma main de la sienne. Je la tendis vers son visage — et j'arrachai son masque !

26

Je scrutai l'épaisse brume bleue, cherchant désespérément à voir ses traits. L'éclat d'un projecteur mobile passa devant mes yeux, m'aveuglant un instant.

Le fantôme se couvrit le visage des deux mains. Je tentai de les écarter.

– Non ! s'écria-t-il. Non, ne fais pas ça !

Il recula en vacillant, s'éloigna de moi.

– Non ! Non ! répétait-il.

Il trébucha, bascula en arrière.

Et il tomba dans l'ouverture de la trappe. J'entendis son cri se perdre dans les ténèbres.

Puis ce fut un horrible silence.

Tout le public se leva dans un tonnerre d'applaudissements. Il pensait que cela faisait partie de la pièce.

Mais moi, je connaissais la vérité. Je savais que le fantôme s'était enfin révélé après soixante-douze ans. Qu'il avait eu son moment de gloire sur scène.

Et qu'il venait de mourir à nouveau.

Tandis que le rideau tombait sous les acclamations de la foule, je restais figée devant l'ouverture. Je me sentais incapable de parler. De bouger. Le fond de la trappe était tout noir.

Levant les yeux, je vis Patrick accourir vers moi, son masque à la main. Il avait une expression hébétée.

– Ouille ! Quelqu'un m'a assommé, je crois, gémit-il en se frottant le crâne. Je me suis évanoui.

Il me dévisagea.

– Mary, ça va ? Tu n'as rien ?

– Le fantôme ! balbutiai-je. Il a pris ton rôle, Patrick ! Il est... là-dessous !

Je lui montrai l'ouverture.

– Il faut le retrouver ! Retournons tout de suite fouiller le souterrain !

– Non, Patrick. Il faut continuer la pièce. De toute façon, c'est inutile.

Je savais qu'on ne le reverrait plus.

– Bravo, les enfants ! Beau travail ! s'écria Mme Walker comme nous sortions de scène à la fin du dernier acte. Fantôme, j'ai adoré ton texte improvisé ! C'était génial ! On se retrouve tous à la petite soirée donnée pour les acteurs, d'accord ?

Je me dirigeai vers ma loge avec Patrick. Nous voulions nous changer au plus vite ; mais en chemin, des tas de gens se jetèrent sur nous pour nous féliciter et nous dire à quel point ils nous avaient trouvés merveilleux, magnifiques, et j'en passe.

La pièce était un triomphe.

Je cherchai Jeffrey des yeux. Je voulais lui raconter, à propos du fantôme. Mais je ne le vis pas dans la bousculade.

– Viens, fichons le camp d'ici, me souffla Patrick.

Il m'entraîna par la main hors de l'auditorium, jusque dans le couloir.

– Ouf ! Quel succès ! m'exclamai-je.

Je me sentais totalement anéantie, épuisée, étourdie, folle de joie.

– Allons récupérer nos manteaux et rentrons nous changer chez nous, suggéra Patrick. En chemin, nous essaierons de deviner qui a joué mon rôle. Et nous nous retrouverons chez moi pour nous rendre à la soirée.

– D'accord, dis-je. Mais dépêchons-nous. Mes parents doivent déjà m'attendre pour me dire que je suis une actrice fabuleuse, une future star !

Le bruit des conversations animées et des rires s'échappant de l'auditorium nous suivit jusqu'à nos casiers.

– Tiens ? m'étonnai-je en m'arrêtant devant le mien. Regarde, Patrick. La porte est entrouverte. Je l'avais pourtant fermée.

– Bizarre, murmura Patrick.

J'ouvris la porte en grand, et un livre tomba sur le sol.

Je me baissai pour le ramasser. C'était un vieux livre à la couverture brune, écorné et couvert de poussière.

Je soufflai dessus et me mis à le feuilleter sous la lumière blafarde du couloir.

– Patrick ! Ce livre raconte l'histoire de notre école et de sa création ! C'est une antiquité qui date des années vingt !

– Hein ? Comment est-il parvenu dans ton casier ?

Patrick se pencha par-dessus mon épaule. Glissée à l'intérieur du livre, il y avait une petite languette de papier déchiré. Un marque-page.

J'ouvris à la page indiquée. Elle renfermait une mince brochure. L'ancien programme de la pièce ! Celui de la représentation qui n'avait pas eu lieu ! Sur la couverture, en caractères fleuris, on lisait : « L'École de Woods Mill a l'honneur de vous présenter son premier spectacle de fin d'année : LE FANTÔME. »

À l'intérieur, on trouvait les noms de tous les élèves qui avaient participé à l'élaboration du spectacle, ainsi que la liste des personnages et les photos des acteurs.

– Rapproche-toi de la lumière, me dit Patrick. Voyons un peu ces photos.

Nous contemplions les petites photographies qui couvraient toute une page du programme lorsque soudain l'une d'elles me sauta aux yeux.

Un portrait touchant et fané, en noir et blanc, du garçon qui avait remporté le rôle principal, le garçon qui devait jouer le fantôme. Celui qui avait disparu. C'était Jeffrey.

FIN

Chair de poule®

1. La malédiction de la momie
2. La nuit des pantins
3. Dangereuses photos
4. Prisonniers du miroir
5. Méfiez-vous des abeilles !
6. La maison des morts
7. Baignade interdite
8. Le fantôme de la plage
10. La colo de la peur
11. Le masque hanté
12. Le fantôme de l'auditorium
14. Le pantin maléfique
16. Le fantôme d'à côté
17. Sous-sol interdit
20. Souhaits dangereux
23. Le retour du masque hanté
27. Comment ma tête a rétréci
29. Le fantôme décapité
32. Les fantômes de la colo
34. Comment tuer un monstre ?
35. Le coup du lapin
36. Jeux de monstres
37. Nuits de cauchemar
41. Le mangeur d'hommes
42. La colo de tous les dangers
43. Les vers contre-attaquent
44. Abominables bonshommes de neige
45. Danger chat méchant !
47. L'école hantée
51. Le jumeau diabolique
52. Un film d'horreur
55. L'invasion des extraterrestres, I
57. Le manoir de la terreur
60. Un loup-garou dans la maison
61. La bague maléfique
67. La voiture hantée
73. La nuit des disparitions
74. Le fantôme du miroir

Composition et mise en pages
Nord Compo à Villeneuve-d'Ascq

PEFC PEFC/14-38-00277

Imprimé en Espagne par Novoprint